CW00500730

L'amour au pluriel : Le voyage de Charlotte à travers le polyamour

Charlotte Rivers

Published by BR, 2023.

L'AMOUR AU PLURIEL : LE VOYAGE DE CHARLOTTE À TRAVERS LE POLYAMOUR

First edition. July 20, 2023.

Copyright © 2023 Charlotte Rivers.

ISBN: 979-8215680131

Written by Charlotte Rivers.

L'amour au pluriel : Le voyage de Charlotte à travers le polyamour

Charlotte Rivers

L'amour au pluriel :
Le voyage de Charlotte à travers le polyamour
Charlotte Rivers

Table des matières

Introduction

D ans la vaste ville animée de New York, au milieu des gratte-ciel imposants et de l'énergie vibrante qui imprègne ses rues, réside une jeune femme dont l'esprit brûle avec une approche non conventionnelle de l'amour.

Elle s'appelle Charlotte Penrith, une étudiante de vingt-deux ans dont le parcours de vie l'a amenée à embrasser le monde complexe et magnifique du polyamour.

Née dans un monde où les normes sociétales dictent souvent les limites des relations, Charlotte a toujours eu une inclination naturelle à se libérer de telles contraintes. Dès son plus jeune âge, elle dégage un charisme unique et une curiosité inébranlable pour les profondeurs de la connexion humaine. Son âme semblait reconnaître que l'amour transcende le genre et embrasse la fluidité de l'attraction.

L'histoire de Charlotte commence dans la charmante région de Hampton à Long Island, un endroit qui reflète la dualité qu'elle vit en elle-même. C'est une terre de demeures opulentes et de styles de vie luxueux, où la tradition et les attentes occupent une place importante, mais c'est aussi un refuge pour ceux qui cherchent un répit aux exigences de la conformité. Nichée dans ce paysage paradoxal, Charlotte a prospéré, son esprit libre des attentes de la société.

Alors qu'elle se lançait dans son voyage vers l'âge adulte, fréquentant l'université au cœur de New York, l'ouverture de Charlotte à l'amour s'est approfondie. Elle s'est trouvée irrésistiblement attirée par les garçons et les filles, captivée par les qualités et les énergies uniques de chaque sexe. Se libérant des limites de l'hétéronormativité, elle a découvert que son cœur pouvait englober un large éventail de connexions.

Avec une soif insatiable de connaissance et de compréhension, Charlotte s'est plongée dans le domaine des relations humaines. Elle consommait avec voracité des livres, des articles et des documentaires, recherchant la sagesse d'experts qui avaient exploré les subtilités de l'amour et de l'intimité. C'est au cours de cette exploration qu'elle a découvert le concept de polyamour, une philosophie qui embrasse le potentiel de relations multiples, consensuelles et amoureuses.

Le polyamour est devenu une révélation pour Charlotte, résonnant profondément dans son âme. Il a fourni un cadre qui correspondait à ses croyances fondamentales – une croyance en la liberté d'aimer et d'être aimé sans restriction, une croyance que les relations peuvent être construites sur la confiance, l'honnêteté et la communication. Charlotte ressentait la certitude inébranlable que son voyage impliquerait d'explorer les possibilités infinies du spectre de l'amour.

Naviguer dans le monde du polyamour, cependant, n'a pas été sans défis. Charlotte a fait face à son lot de malentendus et de préjugés. Ses amis et sa famille avaient du mal à comprendre son désir de nouer des liens avec de multiples partenaires, craignant qu'un tel mode de vie ne conduise au chaos et au chagrin. Pourtant, Charlotte est restée ferme dans sa conviction, refusant de laisser le jugement des autres assombrir son esprit.

Au fur et à mesure que l'histoire de Charlotte se déroule, elle s'entremêle avec les histoires de ceux qu'elle rencontre sur son chemin. Nous sommes témoins des liens profonds qu'elle établit, de l'équilibre délicat qu'elle maintient et des complexités infinies qui surviennent lorsque plusieurs cœurs s'entremêlent. À travers les expériences de Charlotte, nous explorons les subtilités de la jalousie, de la communication et de la capacité infinie du cœur humain à aimer.

Dans ce livre, nous plongeons dans le monde de Charlotte Penrith – un monde où l'amour ne connaît pas de limites, où les normes traditionnelles sont remises en question et où les individus embrassent la liberté de tracer leur propre chemin. C'est un voyage captivant qui dévoile le pouvoir transformateur de l'amour et célèbre la diversité des liens humains.

Rejoignez Charlotte alors qu'elle navigue sans crainte sur le terrain du polyamour, défiant les attentes de la société et embrassant les possibilités illimitées que l'amour a à offrir. Son histoire inspirera, mettra au défi et nous rappellera à tous que dans la tapisserie de l'amour, chaque fil a sa propre beauté unique.

Chapitre 1 : Perdu dans les sables du possible

Alors que le soleil plongeait sous l'horizon, projetant ses teintes dorées sur la plage tranquille de West Hampton Dunes, une silhouette a émergé des vagues douces. C'était Charlotte Penrith, ses mèches blondes scintillant dans la lumière déclinante, tombant en cascade le long de ses épaules minces. Sa forme souple, embrassée par le soleil d'été, se déplaçait avec une grâce qui reflétait le flux et le reflux des vagues de l'océan.

Vêtue d'un maillot de bain rouge provocateur, le tissu s'accrochait à elle comme une seconde peau, accentuant ses courbes et laissant entrevoir la promesse de désirs cachés. La taille mince de Charlotte se courbait doucement en hanches qui se balançaient de manière séduisante alors qu'elle marchait sur le rivage sablonneux. Son buste, d'une taille considérée comme « normale » par les normes sociétales, avait une allure captivante qui murmurait des passions indicibles encore à explorer.

Alors que la brise fraîche frôlait sa peau ensoleillée, les yeux céruléens de Charlotte regardaient à travers l'étendue infinie de l'océan. Dans ce moment de solitude, son esprit dérive, consumé par des pensées d'amour qui transcendent les frontières. Son cœur aspirait à une connexion qui défierait les normes sociétales, une connexion qui lui permettrait d'embrasser simultanément un petit ami et une petite amie.

Perdue dans l'attrait de ses rêves, Charlotte ressentait à la fois un sentiment d'anticipation et d'appréhension. Le concept de polyamour l'attirait, comme un territoire inexploré qui attendait d'être exploré. Elle avait soif de la profondeur et de l'intimité que de multiples connexions pouvaient offrir, une tapisserie d'amour tissée avec des fils de passion, de confiance et de compréhension.

Alors que les vagues clapotaient doucement contre le rivage, Charlotte réfléchissait à la danse complexe des relations. Elle envisageait un avenir où son cœur pourrait être partagé, où elle pourrait aimer et être aimée sans compromis. Ses pensées erraient à travers un paysage de possibilités, où le genre cessait de définir les limites de l'attraction et où l'amour coulait librement.

Au milieu de sa rêverie, un sentiment d'autonomisation a envahi Charlotte. Elle reconnaissait qu'embrasser ses désirs exigerait du courage et de la vulnérabilité, mais elle était déterminée à suivre le chemin qui résonnait avec son moi authentique. Le récit traditionnel de la monogamie n'avait plus d'emprise sur son cœur ; Au lieu de cela, elle aspirait à une histoire d'amour qui défiait les conventions et célébrait le spectre illimité des liens humains.

Avec la lumière déclinante du coucher du soleil, Charlotte rassembla ses pensées, une clarté retrouvée imprégnant son être. Elle savait que son voyage vers une existence polyamoureuse ne se ferait pas sans défis. Le regard de la société, empreint de jugement et d'incompréhension, serait une présence constante. Pourtant, armée d'assurance et d'une croyance inébranlable dans le pouvoir transformateur de l'amour, elle était prête à aller de l'avant.

• • • •

ALORS QUE LE REGARD de Charlotte errait sur le rivage, il s'est posé sur une femme frappante, dont la présence magnétique a captivé son attention. Brunette à l'air sophistiqué, la femme respirait la confiance et une aura de mystère qui attirait Charlotte plus près. Ses yeux rencontrèrent ceux de Charlotte, enfermant momentanément un moment partagé de connexion avant que le regard de la brune ne s'éloigne, apparemment indifférent.

Une vague de désir coula dans les veines de Charlotte, son cœur battant avec une intensité qu'elle n'avait jamais connue auparavant. C'était comme si une force magnétique l'avait attirée vers cette femme énigmatique, l'entraînant dans un royaume où l'âge et les attentes de la société n'avaient aucune influence. L'importance de leur différence d'âge a momentanément frappé Charlotte, lui rappelant les normes sociétales tacites qui façonnent souvent nos désirs et nos attentes. Bien que la brune semblait s'intéresser exclusivement aux hommes, Charlotte ne pouvait s'empêcher d'entretenir l'idée que leur connexion pourrait peut-être transcender les frontières du sexe et de l'âge. Le champ des possibles s'est élargi devant elle, et le désir d'explorer les territoires inexplorés de ses propres désirs s'est renforcé.

Alors que Charlotte s'approchait de la femme, ses pas semblaient à la fois hésitants et résolus. Elle prit une profonde inspiration, rassemblant le courage d'engager la conversation, souhaitant que la peur du rejet s'atténue. Elle croyait au pouvoir de la connexion, au potentiel des cœurs de trouver du réconfort dans l'étreinte de l'autre, indépendamment des idées préconçues sociétales.

À chaque pas, la distance entre eux se réduisait, jusqu'à ce que Charlotte se retrouve debout à côté de la séduisante brune. Rassemblant son sang-froid, elle parla, sa voix un mélange de nerfs et de confiance tranquille. « Salut, je suis Charlotte. Je n'ai pas pu m'empêcher de remarquer la façon dont l'océan semblait danser avec votre énergie. C'est fascinant.

La brune se tourna vers Charlotte, un soupçon de surprise et de curiosité jouant dans ses yeux. « Je suis Amelia », répondit-elle, la voix mélodique et teintée d'intrigue. « Merci pour le compliment. L'océan a toujours eu un certain attrait pour moi. »

La conversation s'est déroulée sans effort entre eux, alors qu'ils partageaient des histoires de leurs vies, de leurs rêves et de leurs désirs. Amelia, bien qu'initialement réservée, s'est progressivement ouverte, révélant une profondeur de caractère qui reflétait les complexités de Charlotte. Leur connexion s'est approfondie, une compréhension commune née d'un désir mutuel d'amour qui défiait les conventions.

Cependant, au fur et à mesure que leur conversation se déroulait, Charlotte ne pouvait s'empêcher de sentir l'hésitation d'Amelia, ses signes subtils d'attirance pour les hommes seuls. C'était une prise de conscience douce-amère, rappelant à Charlotte que parfois les désirs doivent rester non partagés. Pourtant, son cœur refusait d'abandonner l'espoir que l'amour puisse vaincre les frontières imposées par la société.

Le soleil plongeait plus bas dans le ciel, projetant de longues ombres sur la plage. Charlotte et Amelia se disent au revoir, leur connexion s'attardant dans l'air comme une mélodie mélancolique. Charlotte regarda Amelia s'éloigner, un mélange de désir et de désir tourbillonnant en elle. Bien que leur connexion ait pu être fugace, la rencontre a servi de catalyseur pour le voyage de Charlotte dans le polyamour, affirmant son désir d'explorer les complexités du spectre de l'amour.

Alors que l'obscurité descendait sur la plage, l'esprit de Charlotte bourdonnait de contemplation. Elle a compris que tous les liens ne se concrétiseraient pas et que l'âge et les attentes de la société pouvaient constituer des obstacles redoutables. Pourtant, elle est restée inébranlable dans sa conviction que le véritable pouvoir de l'amour résidait dans sa capacité à transcender les frontières, à embrasser l'imprévu et à défier les limites imposées par la société.

Ainsi, Charlotte a poursuivi son chemin, embrassant les incertitudes et les complexités de ses désirs. En quittant la plage, elle portait en elle une détermination retrouvée à naviguer dans le labyrinthe de l'amour, guidée par la flamme vacillante du possible qui dansait dans son cœur.

La vie amoureuse passée de Charlotte a été un voyage tumultueux et douloureux, rempli d'expériences qui ont laissé de profondes empreintes sur son cœur et son âme. Dans sa recherche de connexion et de compréhension, elle avait rencontré deux personnes dont la présence dans sa vie avait façonné sa perception de l'amour et le besoin de polyamour.

Jonathan, un partenaire charismatique et attrayant, avait d'abord attiré Charlotte avec son charme magnétique. Cependant, leur relation a rapidement dégénéré en une épreuve cauchemardesque, où ses désirs ont pris le pas sur son bien-être. Les souvenirs de son comportement abusif, caractérisé par des rencontres sexuelles brutales et dégradantes, hantaient Charlotte, la laissant marquée et remettant en question sa propre valeur. C'est dans les limites de cette relation qu'elle a commencé à reconnaître la nécessité d'approches alternatives à l'amour, celles qui célèbrent le respect mutuel et le consentement.

Nicolas, un autre chapitre de l'histoire d'amour de Charlotte, lui a présenté un autre type de douleur. C'était une âme troublée, empêtrée dans le réseau de la dépendance et de l'autodestruction. Alors qu'elle croyait que leur connexion pouvait transcender les défis auxquels il était confronté, elle a vite découvert que l'impuissance induite par la drogue de Nicolas devenait un obstacle à leur intimité physique. Ceci, ajouté à son comportement erratique et à son indisponibilité émotionnelle, a laissé Charlotte ressentir un profond sentiment de frustration et d'insuffisance. Son cœur souffrait des liens profonds dont elle rêvait mais qu'elle semblait incapable d'atteindre.

À travers les décombres de ces relations, Charlotte a commencé à faire une introspection, cherchant des réponses sur les raisons pour lesquelles sa vie amoureuse avait été pleine de déception et de douleur. Elle s'est rendu compte que son désir de partenaires multiples ne découlait pas d'un désir d'échapper à l'engagement, mais plutôt d'un besoin fondamental de diverses formes d'amour et de connexion. Les limites de la monogamie semblaient trop restrictives, incapables de satisfaire pleinement ses désirs émotionnels, physiques et intellectuels.

Les cicatrices de ses relations passées sont devenues un catalyseur pour l'exploration du polyamour par Charlotte. Elle aspirait à des relations qui honoraient ses limites, permettaient une communication ouverte et célébraient la multi dimensionnalité de l'amour. C'est grâce à ces expériences qu'elle a reconnu l'importance du consentement, du respect mutuel et du pouvoir des liens sains et épanouissants.

Alors que Charlotte se lançait dans son voyage vers le polyamour, elle a emporté avec elle les leçons apprises de son passé. Les blessures qu'elle portait lui rappelaient la résilience et la force en elle, la propulsant vers l'avant avec une détermination retrouvée à naviguer dans les subtilités de la tapisserie de l'amour.

Dans sa quête d'un mode de vie polyamoureux, Charlotte a cherché à créer un cadre qui lui permettrait de nouer des liens fondés sur la confiance, la communication et la liberté d'explorer diverses expressions d'amour. C'était une voie qu'elle a choisie consciemment, comprenant que ses expériences passées avaient façonné sa compréhension de ce que l'amour ne devrait pas être et la guidant vers un avenir où l'amour, le respect et l'épanouissement pourraient coexister harmonieusement.

Le passé de Charlotte a peut-être été entaché par des relations désastreuses, mais ce sont ces expériences qui l'ont finalement propulsée vers la réalisation transformatrice que le polyamour pouvait fournir la toile sur laquelle elle pourrait peindre une vie remplie de connexions authentiques, d'amour illimité et de liberté d'embrasser tout le spectre de ses désirs.

La lune était suspendue haut dans le ciel nocturne alors que Charlotte rentrait de la plage, son esprit tourbillonnant d'un nouveau sens de la clarté et du but. Les rencontres de la journée avaient éveillé en elle une compréhension profonde – une prise de conscience que ses besoins englobaient à la fois les domaines physique et émotionnel, et que ses désirs transcendaient les frontières du genre.

Alors que Charlotte se promenait le long du chemin, la douce brise bruissait les feuilles des arbres qui bordaient son chemin. La beauté de la nature l'entourait, lui offrant du réconfort et un moment de répit face à la complexité de ses pensées. L'odeur des fleurs flottait dans l'air ; leurs pétales délicats illuminés par la douce lueur de la lune.

Perdue dans les profondeurs de l'introspection, Charlotte réfléchit à l'importance de ses besoins sexuels. Elle a compris que ses désirs allaient au-delà du simple acte de plaisir physique, plongeant dans le domaine de la connexion émotionnelle et de l'intimité. Elle aspirait à un lien profond et authentique qui célébrerait son identité aux multiples facettes – un lien qui la comblerait à la fois physiquement et émotionnellement.

Ses pas l'emmenèrent au-delà des champs, où l'herbe se balançait doucement sous la douce caresse de la lune. Charlotte a trouvé du réconfort dans la beauté du monde naturel, un rappel que l'amour et le désir sont aussi intrinsèques à la vie que le rythme des marées et la croissance des arbres. C'est ici, entourée de la majesté de la nature, qu'elle a embrassé sa vérité : elle désirait à la fois les hommes et les femmes, reconnaissant la riche tapisserie d'attraction qui traversait son cœur.

En arrivant dans sa maison d'enfance, Charlotte a été accueillie par ses parents, dont la présence a apporté un sentiment de familiarité teinté d'un soupçon d'ennui. Son père, absorbé par le monde des affaires, semblait souvent détaché des nuances de la connexion personnelle, tandis que sa mère, professeur d'espagnol, rayonnait de chaleur et d'amour mais adhérait à une compréhension plus traditionnelle des relations.

La soirée s'est déroulée avec un dîner de fruits de mer, le cliquetis des couverts contre les assiettes ponctuant les accalmies intermittentes de la conversation. Bien que Charlotte ait apprécié les efforts de ses parents, elle s'est retrouvée à aspirer à un niveau d'engagement plus profond – un espace où elle pourrait partager son parcours et explorer les profondeurs de ses désirs sans crainte de jugement ou de malentendu.

Alors que le repas touchait à sa fin, Charlotte s'excusa de la table, son esprit tourbillonnant toujours de pensées d'amour et de sexe. Elle se retira dans sa chambre, cherchant du réconfort dans le sanctuaire de ses pensées. La pièce, ornée de souvenirs et de souvenirs de son passé, a servi de toile de fond à l'introspection et à la découverte de soi.

Alors qu'elle était allongée sur son lit, baignée dans la douce lueur du clair de lune filtrant à travers sa fenêtre, l'esprit de Charlotte errait à travers les royaumes de l'amour et du désir. Elle a contemplé les subtilités de la connexion, l'équilibre délicat entre le plaisir physique et l'épanouissement émotionnel. Son cœur aspirait à un amour qui pourrait englober la plénitude de son être, un amour qui défiait les normes de la société et célébrait les désirs uniques qui dansaient dans son âme.

Des pensées de relations passées, à la fois désastreuses et transformatrices, se mêlaient dans son esprit. Elle a reconnu les cicatrices qu'ils avaient laissées sur elle, mais aussi la force et la résilience qu'elle avait cultivées dans leur sillage. C'est au plus profond de ses expériences passées qu'elle avait trouvé le courage d'embrasser son moi authentique, de rechercher des liens qui honoraient ses besoins et ses désirs.

Au fur et à mesure que la nuit avançait, les pensées de Charlotte passaient de la contemplation à la détermination. Elle a décidé de naviguer dans les subtilités de l'amour et du sexe avec intention, de tracer un chemin qui honore ses véritables désirs et célèbre les vastes possibilités qui s'offrent à elle. Son voyage dans le polyamour avait commencé, et elle était prête à embrasser le pouvoir transformateur du spectre de l'amour.

Alors que le sommeil l'appelait, les rêves de Charlotte sont devenus une tapisserie de passion et de connexion, une toile sur laquelle elle pouvait explorer les domaines illimités de l'amour, du plaisir et de l'épanouissement émotionnel. Son voyage ne faisait que commencer et elle savait que la route à venir serait remplie de défis et de triomphes, de chagrins et de joies. Mais armée d'une conscience de soi, d'une soif de connexion et d'une croyance profonde dans le pouvoir de l'amour,

Charlotte s'est endormie, son cœur débordant d'anticipation de ce que l'avenir lui réservait.

Chapitre 2 : La tentation dans le soleil du matin

L e soleil pointait à l'horizon, projetant une lueur chaude sur le monde alors qu'un nouveau jour se levait dans la vie de Charlotte. Avec les échos de son introspection persistant dans ses pensées, elle sortit le matin, prête à embrasser les possibilités qui l'attendaient.

Alors qu'elle se promenait le long du chemin familier, l'esprit encore imprégné de contemplation, une silhouette attira son attention. Mark, un homme d'apparence frappante, respirait la confiance et le magnétisme. Grand et captivant, il se déplaçait avec un air d'assurance impossible à ignorer. Vêtu d'un maillot de bain moulant, son physique faisait allusion à la force et à l'athlétisme, enflammant davantage la curiosité de Charlotte.

Le charme de Mark était indéniable, son comportement coquin impossible à résister. Dès que leurs yeux se sont rencontrés, une étincelle s'est allumée, une reconnaissance silencieuse de l'attraction mutuelle. Il s'approcha de Charlotte, un sourire espiègle jouant au coin de ses lèvres, comme s'il détenait un secret qu'eux seuls partageaient.

Leur conversation a commencé assez innocemment, avec des plaisanteries décontractées sur la plage, la météo et la beauté de la matinée. Mais au fil des minutes, les insinuations de Mark sur le sexe et les rencontres sont devenues plus audacieuses, ses mots mêlés à une énergie magnétique qui tirait sur les désirs de Charlotte. Elle ne pouvait s'empêcher d'être attirée par sa confiance, son approche sans vergogne des questions du cœur et du corps.

Au milieu de leur échange, l'esprit de Charlotte a dérivé vers des pensées d'intimité, motivées par les expressions manifestes de désir de Mark. Elle ne pouvait s'empêcher d'être captivée par l'attrait de sa virilité, permettant à son imagination d'errer vers des territoires inexplorés. Alors qu'ils partageaient des regards fugaces, elle s'interrogea sur la taille de son sexe, témoignage de son attirance croissante et de la chimie qui crépitait dans l'air entre eux.

Pourtant, au milieu du magnétisme alléchant que Mark dégageait, l'instinct de Charlotte lui rappelait de procéder avec prudence. Elle a reconnu l'importance du discernement et la nécessité d'établir des liens émotionnels parallèlement au désir physique. Alors que l'attrait de la gratification instantanée l'attirait, elle cherchait quelque chose de plus profond, une connexion qui célébrait la multi dimensionnalité de ses désirs et offrait une base pour une intimité authentique.

Avec cette prise de conscience, Charlotte a subtilement déplacé la conversation, l'orientant vers des sujets plus significatifs. Elle a cherché à découvrir les couches sous le charmant extérieur de Mark, pour évaluer sa volonté de plonger au-delà du domaine superficiel de l'attraction. Ce faisant, elle visait à favoriser une connexion qui avait le potentiel d'épanouissement physique et émotionnel.

Au fur et à mesure que la matinée avançait, Charlotte et Mark ont continué leur danse de flirt et de curiosité. Ils ont partagé des rires et des histoires, démêlant lentement les subtilités de leurs voyages individuels. Leur rencontre a rappelé l'équilibre délicat entre la passion et la connexion émotionnelle – un équilibre que Charlotte était déterminée à naviguer avec grâce et intention.

• • • •

MARK : ALORS, CHARLOTTE, j'ai vraiment aimé apprendre à te connaître ce matin. J'espère que ce n'est pas trop en avant de ma part, mais je me demandais si vous aimeriez vous joindre à moi pour un rendez-vous ce soir ?

Charlotte : marque une pause, considérant l'offre Eh bien, Mark, je dois avouer que je suis intriguée. Mais je crois aussi qu'il faut prendre les choses à un rythme qui me convient. Pouvez-vous m'en dire un peu plus sur ce que vous avez en tête ?

Mark : Bien sûr, Charlotte. Je comprends et respecte tout à fait votre désir de prendre les choses lentement. Je pensais vous emmener sur mon bateau pour une soirée tranquille sur l'eau. Nous pouvons profiter du coucher de soleil et avoir une chance de parler sans aucune distraction.

Charlotte : s'arrête à nouveau, pesant les possibilités Ça a l'air charmant, Mark. L'idée d'être sur l'eau, entouré par la nature, et d'avoir la chance de se connecter à un niveau plus profond est très attrayante. J'apprécie votre attention à créer un environnement qui permet une conversation significative.

Mark : Je suis content que tu le penses, Charlotte. Je crois sincèrement que les liens authentiques sont construits sur des conversations significatives. La sérénité de l'eau peut être tout à fait propice à l'ouverture et au partage de nos pensées et de nos envies.

Charlotte : Cela ressemble à une expérience unique et intime, Mark. Je dois admettre que je suis intrigué par cette perspective. Fixons une heure. Que diriez-vous de 19 heures ce soir ?

Mark : Parfait ! 19 heures, c'est. Je vais m'assurer que tout est préparé sur le bateau pour notre soirée ensemble. Y a-t-il quelque chose de spécifique que vous aimeriez que j'apporte ou des préférences que je devrais connaître ?

Charlotte : Merci, Mark. En ce qui concerne les préférences, j'ai une légère préférence pour les fruits de mer, si c'est possible. Et si vous avez des couvertures ou des articles confortables avec lesquels nous pouvons nous blottir pendant la soirée, ce serait merveilleux.

Mark : Considérez que c'est fait, Charlotte. C'est des fruits de mer, et je vais m'assurer que nous avons des couvertures confortables à bord. J'ai hâte de passer cette soirée avec vous, d'apprendre à mieux vous connaître.

Charlotte : De même, Mark. J'apprécie votre compréhension et votre respect pour prendre les choses à un rythme qui nous convient à tous les deux. J'ai hâte de passer une soirée mémorable sur l'eau, profitant de la compagnie de chacun.

Mark : Le plaisir est tout à moi, Charlotte. Jusqu'à ce soir, donc. Je vous donne rendez-vous à 19h à la marina.

Charlotte : Jusqu'à ce soir, Mark. J'y serai.

Dans leur dialogue, l'invitation de Mark prend Charlotte par surprise, et elle hésite momentanément. Cependant, après avoir discuté des détails et senti la sincérité et le respect de Mark pour ses limites, elle décide finalement d'accepter l'invitation à monter sur son bateau. Le dialogue met en valeur leur compréhension mutuelle et leur désir de créer un lien significatif dans un cadre magnifique.

Mark : Charlotte, je suis vraiment désolé, mais quelque chose d'urgent s'est présenté. J'ai besoin de déjeuner avec un client important de mon entreprise.

Charlotte : Oh, je comprends, Mark. Les engagements professionnels sont importants. Nous pouvons toujours finaliser les détails plus tard.

Mark : Merci d'avoir été si compréhensif. J'apprécie votre souplesse. Voici l'adresse du port où se trouve mon bateau. Il s'appelle Seaside Marina.

Charlotte : Pas de problème, Mark. Je vais prendre note de l'adresse. Seaside Marina, compris.

Mark : Très bien. Je m'excuse pour la gêne occasionnée. J'ai vraiment hâte à notre soirée ensemble sur le bateau.

Charlotte : Pas besoin de s'excuser, Mark. La vie arrive. Nous profiterons au maximum de notre temps lorsque nous nous rencontrerons. Organisez un déjeuner productif et j'espère que tout se passera bien.

Mark : Merci, Charlotte. J'apprécie vos bons souhaits. J'espère que vous passerez également une merveilleuse journée.

Charlotte : Prends soin de toi, Mark. On se voit ce soir.

Mark : Absolument. Jusqu'à ce soir, Charlotte.

Charlotte et Mark se séparent, comprenant que parfois les obligations de la vie priment. Ils se sont dit au revoir, l'anticipation de la date du bateau de la soirée persistant encore dans leur esprit. Les deux ont hâte de se reconnecter plus tard, désireux de créer des souvenirs et d'approfondir leur connexion au milieu des eaux tranquilles.

Chapitre 3 : Rencontres inattendues et vulnérabilité partagée

L e soleil commença sa descente, projetant une lueur chaude sur le port tranquille tandis que Charlotte attendait, perdue dans ses pensées. Elle était loin de se douter que le destin lui réservait quelque chose d'extraordinaire : des retrouvailles inattendues qui entremêleraient à nouveau leurs chemins.

Alors que Charlotte était assise là, contemplant la soirée à venir, une silhouette familière attira son attention. C'était Amelia, la femme qu'elle avait rencontrée sur la plage, dont la présence avait laissé une marque indélébile dans ses pensées. Il y avait une certaine vulnérabilité dans le comportement d'Amelia alors qu'elle s'approchait, une crudité qui tirait sur la corde sensible de Charlotte.

Amelia s'assit à côté de Charlotte, les yeux brillants de larmes non versées. Les mains tremblantes, elle tendit la main et saisit doucement la main de Charlotte, cherchant du réconfort et de la compréhension dans leur connexion commune.

Le poids des mots d'Amelia flottait dans l'air alors qu'elle décrivait la douleur et la tourmente qu'elle avait endurées pendant son divorce. Les blessures étaient profondes, laissant des cicatrices qui s'étendaient bien au-delà de la surface. La voix d'Amelia tremblait d'émotion lorsqu'elle révéla la vérité déchirante : son ex-mari, Marco, l'avait forcée à subir un avortement contre son gré.

En écoutant attentivement, Charlotte sentit un élan d'empathie la traverser. Elle comprenait la profondeur de la douleur d'Amelia, la confiance brisée et la perte de confiance dans les hommes qui lui avaient été infligées. C'était une vulnérabilité qui résonnait profondément en Charlotte, car elle aussi portait les cicatrices des relations passées.

Alors que les larmes d'Amelia coulaient librement, elle chercha du réconfort dans la douce caresse du bras de Charlotte. À ce moment-là, les limites que la société imposait souvent au contact physique se sont estompées, remplacées par une compréhension tacite – un pacte silencieux pour fournir réconfort et soutien dans les moments de besoin de chacun.

Sans mots, Charlotte a laissé sa présence devenir une source de force pour Amelia. Elle a offert un espace sûr où la vulnérabilité pouvait être exprimée sans jugement, où les expériences partagées et la compréhension mutuelle pouvaient combler le fossé entre deux âmes blessées.

Au fur et à mesure que leur connexion s'approfondissait, Charlotte et Amelia ont trouvé du réconfort dans leurs voyages communs. Ils ont réalisé que leurs chemins s'étaient croisés une fois de plus pour une raison, comme si l'univers avait conspiré pour les rassembler dans ce moment de vulnérabilité et de guérison partagées.

Dans cette rencontre inattendue, la compréhension de Charlotte de l'amour et de la connexion s'est encore élargie. Elle a vu la beauté d'être là pour quelqu'un dans ses moments les plus sombres, offrant de l'empathie, de la compassion et un refuge sûr pour que ses émotions se déploient.

Alors que le soleil s'enfonçait sous l'horizon, projetant des teintes d'orange et de rose sur l'eau, Charlotte et Amelia étaient assises là, enveloppées d'un profond sentiment de connexion. Ils ont compris que la guérison prenait du temps, que la confiance devait être reconstruite et que leurs voyages vers le spectre de l'amour seraient uniques et profondément personnels.

Avec leurs cœurs entrelacés dans une vulnérabilité partagée, Charlotte et Amelia ont commencé à forger un lien – un lien qui transcendait les frontières de l'âge, du sexe et des expériences passées. Ensemble, ils se sont lancés dans un voyage de guérison, de croissance et de poursuite de l'amour qui honore leur moi authentique.

• • • •

AU FUR ET À MESURE que la soirée avançait, Amelia s'est sentie captivée par la profondeur des liens qu'elle avait forgés avec Charlotte. Leur vulnérabilité commune avait créé un lien qui résonnait profondément en eux deux. Avec un nouveau sens du courage et un désir d'explorer les possibilités, Amelia s'est sentie obligée de passer à l'étape suivante : convaincre Charlotte de la rejoindre pour prendre un verre au célèbre pub du village.

Amelia savait que cette invitation devait être abordée avec délicatesse. Elle a reconnu que Charlotte avait navigué dans son propre voyage de découverte de soi et que la confiance était essentielle pour approfondir leur connexion. Dans cet esprit, Amelia a cherché à créer une atmosphère de confort et de compréhension en abordant le sujet.

Alors qu'ils étaient assis ensemble, toujours baignés dans l'intimité de leur moment partagé, Amelia prit doucement la main de Charlotte, son toucher rassurant leur connexion. Elle regarda Charlotte dans les yeux, demandant la permission d'exprimer ouvertement ses pensées.

« Charlotte », commença doucement Amelia, la voix remplie de sincérité, « J'ai été profondément émue par nos conversations et la connexion que nous partageons. C'est un cadeau rare de trouver quelqu'un qui comprend vraiment, quelqu'un avec qui je peux être moi-même. Je serais honoré si vous vous joigniez à moi pour prendre un verre ce soir au célèbre pub de notre village.

Charlotte, le cœur ouvert aux possibilités qui s'offraient à elle, rencontra le regard d'Amelia, ses yeux reflétant un mélange d'intrigue et de vulnérabilité. Elle sentit la sincérité d'Amelia et trouva du réconfort dans la compréhension qu'ils avaient cultivée ensemble.

Amelia continua, sa voix portant un mélange d'espoir et de vulnérabilité. « Je crois que le pub offre un espace où nous pouvons continuer à explorer notre connexion. C'est un lieu de chaleur, de rire et d'authenticité – un espace où nous pouvons approfondir nos désirs, nos rêves et les possibilités que le spectre de l'amour nous réserve.

Charlotte prit un moment pour absorber les paroles d'Amelia, contemplant l'invitation. La perspective d'une exploration plus approfondie l'excitait et la troublait, mais elle reconnaissait l'importance de sortir de sa zone de confort afin d'embrasser le pouvoir transformateur de la connexion.

« J'apprécie votre ouverture et la réflexion que vous avez mise là-dedans, Amelia », répondit Charlotte, sa voix portant un mélange de gratitude et d'anticipation. « Notre vulnérabilité commune a créé un espace où je me sens en sécurité et compris. Je crois qu'un verre au pub serait l'occasion de poursuivre notre dialogue, d'approfondir les subtilités de nos désirs et les chemins que nous envisageons pour nous-mêmes. »

Les yeux d'Amelia brillaient de joie et de gratitude, son cœur se gonflait de l'affirmation de l'acceptation de Charlotte. Elle serra doucement la main de Charlotte, la compréhension tacite entre eux amplifiant la puissance de leur connexion.

Une fois les plans établis, Charlotte et Amelia attendaient avec impatience leur soirée au pub, où l'atmosphère bourdonnait de conversations animées et de cliquetis de verres. C'était un endroit où l'authenticité prospérait – un sanctuaire pour les personnes à la recherche de relations authentiques et de la liberté d'explorer la nature multiforme de l'amour.

Alors qu'ils se dirigeaient vers le pub, l'anticipation planait dans l'air. Leurs pas reflétaient la cadence de leur cœur, alors qu'ils s'aventuraient ensemble dans l'inconnu. À chaque instant qui passait, ils devenaient plus enthousiastes à l'idée de continuer leur exploration des désirs, des rêves et des possibilités infinies qui s'offraient à eux.

La porte du pub s'ouvrit et la chaleur et l'énergie de l'établissement les enveloppèrent. Ils ont trouvé un coin confortable, un espace de réconfort au milieu du bourdonnement des conversations et des rires. Alors qu'ils s'installaient dans leurs sièges, un sentiment de sérénité les envahit, leur rappelant qu'ils étaient exactement là où ils étaient censés être.

Au milieu des cliquetis des lunettes et de la symphonie des voix, Charlotte et Amelia se sont engagées dans une danse de conversation, leurs mots s'entremêlant sans effort. Ils ont exploré les profondeurs de leurs désirs, de leurs peurs et de leurs rêves, révélant la beauté de la vulnérabilité et de la compréhension partagée.

À chaque instant qui passait, leur lien devenait plus fort. Les rires ont résonné dans le pub alors qu'ils découvraient des intérêts, des passions et des philosophies communs. Ils se sont délectés de l'authenticité de leur dialogue, reconnaissant que cette soirée ne concernait pas seulement le présent, mais un tremplin vers un avenir où l'amour pourrait s'épanouir sous toutes ses formes.

Au milieu de leurs conversations, Charlotte et Amelia ont trouvé du réconfort dans la connexion authentique qu'elles avaient cultivée. Ils s'émerveillaient de la synchronicité de leurs chemins, reconnaissants d'avoir l'occasion d'explorer ensemble le spectre de l'amour. Au fur et à mesure que la soirée se déroulait, il est devenu évident que cette date n'était pas seulement une rencontre occasionnelle, mais un chapitre important de leur voyage, un chapitre qui avait le potentiel de façonner leur avenir d'une manière qu'ils n'avaient jamais imaginée.

Dans ces moments partagés au pub, Charlotte et Amelia se sont retrouvées intoxiquées non seulement par les boissons qu'elles savouraient, mais aussi par le lien profond qu'elles avaient découvert. Ils ont compris que cette soirée n'était que le début, une fondation sur laquelle ils construiraient leur exploration du spectre de l'amour.

Alors que la nuit touchait à sa fin, Charlotte et Amelia ont embrassé la beauté de leur connexion, sachant que leurs chemins continueraient à s'entremêler. Ils ont quitté le pub, le cœur débordant d'anticipation pour l'avenir, se tenant la main alors qu'ils se lançaient dans un voyage commun de découverte, d'intimité et des possibilités illimitées de la tapisserie de l'amour.

• • • •

ALORS QUE LA SOIRÉE au pub se déroulait, une prise de
conscience inattendue a balayé Charlotte – elle avait un rendez-vous
avec Mark et le temps s'éloignait. Le poids de son engagement à le
rencontrer tirait sur sa conscience, la poussant à trouver une sortie
gracieuse de l'atmosphère animée du pub.

L'esprit de Charlotte s'emballait alors qu'elle cherchait une excuse
appropriée pour partir sans offenser ou perturber. Dans un moment
d'inspiration, elle s'est souvenue d'une course qu'elle avait oubliée de
faire plus tôt dans la journée – une robe qui nécessitait une
modification pour un événement à venir. C'était le prétexte parfait
pour son départ, lui laissant le temps nécessaire pour préparer son
rendez-vous tout en maintenant l'intégrité de sa connexion avec
Amelia.

Rassemblant son courage, Charlotte se pencha plus près d'Amelia,
leurs épaules se touchant presque alors qu'elles partageaient l'espace
intime de leur conversation. Elle parlait avec un mélange de regret et
d'anticipation, sa voix lacée de sincérité.

« Amelia, je dois m'excuser, mais je viens de me rappeler que j'avais
une course urgente à faire. Vous voyez, j'ai complètement oublié une
robe qui a besoin d'être modifiée pour un événement dans un proche
avenir. C'est assez important, et j'ai peur de devoir m'excuser pendant
un court moment. »

Les yeux d'Amelia s'écarquillèrent de compréhension alors qu'elle
absorbait l'explication de Charlotte. Elle a reconnu l'importance des
engagements et l'importance de les honorer. Bien qu'une pointe de
déception vacille dans ses yeux, elle admire le sens des responsabilités
de Charlotte.

Avec un sourire sincère, Amelia hocha la tête et répondit : « Bien
sûr, Charlotte. Je comprends tout à fait. Les courses et les
responsabilités ne peuvent être négligées. S'il vous plaît, ne vous

inquiétez pas à ce sujet. Occupez-vous de ce dont vous avez besoin, et nous pourrons nous reconnecter bientôt. »

Le soulagement a envahi Charlotte alors qu'elle sentait le poids de la compréhension et du soutien d'Amelia. Leur lien est resté intact et elle pouvait sentir que ce départ inattendu n'était qu'une pause temporaire dans leur relation florissante.

Sentant l'urgence du temps, Charlotte a rapidement récupéré son téléphone de son sac et l'a tendu à Amelia. « Merci, Amelia. Je suis content que vous compreniez. Avant de partir, pourrais-je avoir votre numéro de téléphone ? J'aimerais rester en contact et organiser un autre moment pour me rencontrer. »

Le sourire d'Amelia s'élargit et elle échangea avec empressement ses coordonnées avec Charlotte. Ils ont tous deux compris que leur connexion valait la peine d'être entretenue, et l'anticipation de rencontres futures a apporté une chaleur à leur cœur.

Alors qu'Amelia entrait son numéro de téléphone dans l'appareil de Charlotte, leurs doigts effleuraient doucement, le courant électrique de leur connexion s'amplifiant dans ce contact fugace. C'était une affirmation silencieuse du lien qu'ils avaient forgé et une promesse d'exploration plus approfondie et de moments partagés à venir.

L'échange terminé, le regard de Charlotte s'attarda sur Amelia, un mélange de gratitude et de désir évident dans ses yeux. « Merci, Amelia. J'apprécie vraiment votre compréhension et votre ouverture. J'ai hâte de participer à nos futures conversations et d'apprendre à mieux vous connaître. »

La voix d'Amelia avait une note de sincérité alors qu'elle répondait : « Le sentiment est mutuel, Charlotte. Je suis enthousiaste à l'idée d'explorer les profondeurs de notre connexion et de voir où ce voyage nous mène. Prenez soin de vous, et nous nous reconnecterons bientôt. »

Avec un dernier sourire, Charlotte a fait ses adieux à Amelia, quittant le pub avec un sens renouvelé du but. Elle a navigué dans la foule animée, ses pas remplis de détermination et d'anticipation. Alors qu'elle hélait un taxi, elle s'émerveillait des rebondissements inattendus que la vie présentait, reconnaissante de la rencontre fortuite avec Amelia et du potentiel qu'elle recouvrait.

En arrivant chez elle, Charlotte n'a pas perdu de temps, s'immergeant complètement dans la tâche à accomplir. Elle a méticuleusement choisi une robe pour sa soirée avec Mark, l'excitation du rendez-vous à venir alimentant son énergie. Elle a rapidement organisé les modifications nécessaires, tirant le meilleur parti du temps limité dont elle disposait.

Au fil des minutes, Charlotte a transformé son apparence, choisissant une tenue qui reflétait sa personnalité vibrante et la rendait confiante et séduisante. La touche finale d'un parfum subtil persistait dans l'air, un rappel délicat de son intention de faire une impression durable lors de son rendez-vous.

Une fois la transformation terminée, Charlotte jeta un coup d'œil à l'horloge, notant qu'elle avait juste le temps de se rendre au port et de rencontrer Mark. L'excitation et les nerfs se sont entremêlés en elle, augmentant son anticipation pour la soirée à venir.

Elle a appelé un taxi, son cœur battant avec un mélange d'euphorie et de curiosité. Le trajet jusqu'au port semblait à la fois fugace et éternel, le paysage qui passait un flou de lumières et d'ombres. Les pensées d'Amelia se mêlaient à l'anticipation de sa rencontre imminente avec Mark, créant une symphonie d'émotions en elle.

Lorsque le taxi est arrivé au port, le regard de Charlotte a balayé les eaux sereines, la vue des bateaux se balançant doucement dans la brise du soir évoquant un sentiment de tranquillité. Elle est sortie du véhicule, ses talons claquant contre le trottoir alors qu'elle se dirigeait vers les quais.

L'ambiance du port l'a embrassée, un chœur de vagues clapotantes et de rires lointains fournissant une toile de fond à l'excitation qui coulait dans ses veines. Elle a repéré le bateau de Mark au loin, un phare de possibilité et de connexion. À chaque pas, son cœur battait avec un mélange de nervosité et d'anticipation, impatiente d'entamer ce nouveau chapitre de son voyage.

Alors qu'elle atteignait le quai, les yeux de Charlotte balayèrent la zone, à la recherche de la silhouette de Mark. Son regard se posa sur lui, debout près du bateau, un sourire se répandant sur son visage alors qu'il la remarquait s'approcher. Le lien qu'ils avaient forgé plus tôt dans la journée était prometteur, et elle était impatiente d'explorer où leur soirée mènerait.

Leurs regards se sont croisés, l'énergie entre eux palpable, alors qu'ils se préparaient à se lancer dans une soirée remplie de la magie des nouvelles connexions. Le soleil a commencé sa descente, projetant des teintes d'or et d'orange sur l'eau, reflétant les possibilités qui s'offraient à lui.

À ce moment, Charlotte a ressenti la synchronicité de ses rencontres, la façon dont l'univers avait tissé les fils de ses connexions. Alors qu'elle montait sur le bateau, le cœur débordant d'espoir et d'excitation, elle savait que la soirée offrait le potentiel d'expériences transformatrices, de liens profonds et d'un avenir célébrant la nature expansive de l'amour.

C'est ainsi que Charlotte navigua vers le coucher du soleil, le cœur ouvert à l'enchantement de la soirée, à la promesse de l'inconnu et à la beauté des liens qu'elle avait tissés.

Alors que Charlotte se tenait devant sa garde-robe, elle réfléchit à son choix de tenue vestimentaire pour la soirée avec Mark. Avec l'anticipation qui coulait dans ses veines, elle cherchait une robe qui accentuerait sa confiance et exprimerait son désir d'embrasser l'attrait de la nuit.

Ses yeux scannaient la gamme de vêtements, à la recherche du mélange parfait de sophistication et de sensualité. À ce moment-là, son regard tomba sur une robe blanche et sexy – sa longueur audacieusement courte, sa silhouette étreignant ses courbes aux bons endroits. C'était une robe qui respirait l'élégance tout en faisant allusion à la passion qui couvait en elle.

Avec une poussée d'excitation, Charlotte attrapa la robe, sentant le tissu délicat glisser entre ses doigts. En s'y glissant dedans, elle s'émerveillait de la façon dont le vêtement transformait son reflet dans le miroir, rehaussant sa beauté naturelle et embrassant sa féminité.

La robe drapait doucement contre son corps, sa teinte blanche accentuant son teint radieux. Son design, un mélange de sophistication et d'allure de bon goût, mettait en valeur sa confiance et son désir de captiver l'attention de Mark. Elle a ajusté les sangles, assurant l'ajustement parfait, et a pris un moment pour apprécier la femme qui la regardait fixement, une femme qui n'avait pas peur d'embrasser ses désirs et de s'exprimer pleinement.

Une fois sa tenue choisie, l'excitation de Charlotte s'intensifia. Elle a pris son téléphone et a composé un taxi, impatiente d'arriver au port à temps. Alors qu'elle attendait son arrivée, un mélange de nervosité et d'anticipation dansait en elle, créant un mélange enivrant d'émotions.

Le taxi est arrivé, ses phares illuminant la nuit. Charlotte monta dans le véhicule, sa robe ondulant légèrement à chaque mouvement. Elle s'installa dans le siège moelleux, son cœur battant d'un mélange de nervosité et d'excitation.

Alors que le taxi glissait dans les rues de la ville, le regard de Charlotte se tourna vers le paysage qui passait – foule animée, lumières vibrantes et attrait de la nuit. Ses pensées étaient centrées sur le lien qu'elle espérait approfondir avec Mark, son désir de créer une soirée inoubliable débordante de passion et d'intimité.

Alors que le taxi approchait du port, l'anticipation de Charlotte atteignit son apogée. Elle pouvait sentir l'énergie de l'air nocturne, portant avec elle la promesse de nouveaux commencements. La vue des bateaux, leurs mâts debout contre le ciel éclairé par la lune, évoquait un sentiment d'aventure et de possibilité.

Le taxi a ralenti jusqu'à s'arrêter et Charlotte est sortie sur le trottoir. Le port bourdonnait d'activité – le doux clapotis des vagues, le tintement des verres et les rires des couples plongés dans la magie de la soirée. L'atmosphère était chargée d'anticipation, reflétant les émotions qui coulaient dans les veines de Charlotte.

Elle ajusta sa robe, s'assurant qu'elle accentuait chacune de ses courbes, et prit un moment pour se stabiliser, les yeux fixés vers le bateau de Mark. À chaque pas qu'elle faisait vers sa destination, son cœur s'accélérait, impatiente de se lancer dans une nuit qui avait le potentiel d'allumer une connexion ardente entre eux.

Alors qu'elle s'approchait du bateau, le regard de Charlotte se ferma sur celui de Mark. Ses yeux s'écarquillèrent d'appréciation alors qu'il prenait son apparence séduisante, la robe blanche contrastant avec l'obscurité de la nuit. La chimie entre eux crépitait, une attraction magnétique les rapprochait.

Un sourire joua au coin des lèvres de Charlotte alors qu'elle montait sur le bateau, sa présence remplissant l'espace d'une énergie palpable. La robe, symbole de son désir et de sa confiance, semblait s'animer alors qu'elle se déplaçait gracieusement, capturant l'attention de Mark à chaque balancement subtil de ses hanches.

Le décor était planté : une nuit d'exploration, de passion et de connexion les attendait. Charlotte avait fait le premier pas pour séduire Mark, sa robe servant d'invitation silencieuse à plonger dans les profondeurs de leurs désirs et à se lancer dans un voyage où vulnérabilité et intimité s'entremêlaient.

C'est ainsi que Charlotte a pris la mer sur le bateau, sa robe blanche et sexy reflétant la douce lueur de la lune. La nuit promettait une danse séduisante, une symphonie de désir, alors qu'elle cherchait à captiver le cœur de Mark et à allumer une flamme qui brûlerait vivement dans les profondeurs de leur connexion commune.

Un sourire joua au coin des lèvres de Mark alors qu'il s'approchait de Charlotte. Il tendit la main, ses mains touchant doucement les siennes, allumant une étincelle qui traversa leurs doigts entrelacés. Dans ce simple contact, un courant de connexion a surgi entre eux, une chimie indéniable qui a intensifié l'atmosphère déjà chargée.

« Tu as l'air absolument magnifique, Charlotte », dit Mark, la voix pleine d'admiration. « Cette robe vous va parfaitement. Je suis vraiment chanceux d'avoir le plaisir de votre compagnie ce soir. »

Le cœur de Charlotte battait à ses mots, un mélange de flatterie et d'excitation tourbillonnant en elle. La sensation du toucher de Mark persistait, leurs mains toujours entrelacées, un symbole tangible de la connexion qui s'épanouissait entre eux.

« Merci, Mark », répondit-elle, la voix teintée d'un soupçon de timidité. « Vous avez l'air plutôt fringant. Je dois dire que l'ambiance du port et de votre bateau en fait un cadre vraiment enchanteur.

Le regard de Mark s'intensifia, ses yeux se fermèrent avec ceux de Charlotte, comme s'ils avaient une langue secrète qui leur était propre. L'air entre eux crépitait d'anticipation, l'énergie de leur connexion presque palpable.

« Je suis tout à fait d'accord, Charlotte », répondit Mark, la voix remplie d'un mélange de charme et de sincérité. « Les étoiles au-dessus, le doux balancement du bateau et votre présence captivante - c'est comme si l'univers avait conspiré pour créer ce moment parfait. »

Au fur et à mesure qu'ils parlaient, leur proximité augmentait, l'espace entre eux diminuait. Charlotte ressentit une attraction magnétique vers Mark, un désir d'explorer les profondeurs de leur connexion et de s'abandonner à l'attrait enivrant de la soirée.

Dans l'étreinte du port, ils se sont retrouvés à danser sur le précipice de quelque chose de profond – une collision de désirs, de cœurs et d'âmes. Le bateau, entouré par la sérénité de l'eau, est devenu leur sanctuaire – un navire qui les transporterait dans un voyage de passion et d'exploration.

Alors qu'ils montaient ensemble sur le bateau, le monde autour d'eux semblait s'estomper, leur attention étant fixée uniquement l'un sur l'autre. Ils se sont installés dans un endroit confortable, l'atmosphère chargée d'anticipation, leurs corps à quelques centimètres l'un de l'autre.

Le ciel nocturne s'étendait au-dessus d'eux, une couverture d'étoiles scintillantes qui témoignaient de la connexion naissante entre Charlotte et Mark. À chaque instant qui passait, leur flirt devenait plus audacieux, leurs mots mêlés d'un mélange enivrant de charme et de désir.

Le bout des doigts de Mark effleura la peau de Charlotte, laissant une traînée de feu dans leur sillage. Elle frissonna au toucher, ses sens exacerbés, à l'écoute de toutes les nuances de sa caresse. C'était une danse de séduction, une interaction délicate entre deux âmes avides de connexion.

Leur conversation dansait entre plaisanteries ludiques et confessions sincères, alors qu'ils plongeaient dans les profondeurs de leurs désirs et de leurs rêves. À la lueur du clair de lune, ils ont partagé des histoires d'amours passées et des leçons apprises, forgeant un lien enraciné dans la vulnérabilité et l'authenticité.

Au fur et à mesure que la nuit avançait, l'énergie entre eux s'intensifiait, leurs corps rassemblés comme par une force irrésistible. Ils parlaient à voix basse, leurs paroles portant le poids de promesses tacites et de désirs partagés.

À ce moment-là, Charlotte savait que la soirée avait le potentiel de transcender les limites d'un simple rendez-vous. L'alchimie entre eux était indéniable, une attraction magnétique qui défiait la logique et enflammait les braises de la passion en elle.

Alors que la main de Mark traçait doucement le contour de la mâchoire de Charlotte, elle se pencha sur son contact, savourant la tendresse et l'intimité du moment. Le monde autour d'eux s'est évanoui dans l'insignifiance, alors qu'ils s'abandonnaient à la danse enivrante du désir.

Ainsi, dans l'étreinte du port, Charlotte et Mark se sont retrouvés empêtrés dans un réseau de séduction, leurs cœurs battant au rythme de leur connexion. Leur soirée ensemble venait de commencer, et les possibilités qui s'offraient à eux semblaient illimitées – une symphonie de passion, d'exploration et d'amour qui honorait la profondeur de leurs désirs.

Au fur et à mesure que la soirée se déroulait, Charlotte et Mark se sont retrouvés plongés dans un dîner captivant sur le bateau. L'arôme alléchant des fruits de mer flottait dans l'air, se mêlant à la douce brise marine, créant une symphonie culinaire qui ravissait leurs sens.

La table était ornée d'une pâte à tartiner exquise – un plateau d'huîtres fraîchement écaillées, de succulentes queues de homard scintillant à la lueur des bougies et une variété de délicieuses spécialités de fruits de mer. Chaque plat a été méticuleusement préparé, ce qui témoigne de l'expertise culinaire derrière le repas.

Le tintement des verres résonnait dans tout le bateau alors que Mark versait un verre du meilleur vin blanc. Le liquide scintillait comme de l'or liquide, projetant une lueur éthérée sur le récipient cristallin. Le vin a insufflé la vie dans l'instant, son bouquet délicat promettant un accord exquis avec les saveurs de la mer.

Les yeux de Charlotte s'illuminèrent d'anticipation alors qu'elle levait son verre, portant un toast à la soirée enchanteresse qu'ils étaient sur le point d'entreprendre. Le vin caressait son palais, ses notes vibrantes dansaient sur ses papilles gustatives, complétant le festin de fruits de mer devant eux. C'était une symphonie de saveurs, une célébration des sens qui a renforcé le lien entre eux.

Ils se révélaient à chaque bouchée, savourant les délices qui ornaient leurs assiettes. Les huîtres, dodues et saumâtres, ont réveillé leurs palais avec un éclat de fraîcheur. Le homard, succulent et tendre, fondait dans leur bouche, une indulgence décadente qui parlait de luxe et d'abondance.

Entre les bouchées, leur conversation coulait sans effort, leurs mots se mêlant au cliquetis des couverts et au doux clapotis de l'eau contre le bateau. Ils ont approfondi leurs passions, leurs rêves et leurs sens commun de l'aventure, comme si chaque morceau de nourriture servait de catalyseur de connexion.

Au fur et à mesure que la soirée avançait, l'ambiance passait de l'anticipation à une intimité confortable. Les rires emplissaient l'air, ponctuant des moments d'anecdotes partagées et de plaisanteries ludiques. Ils ont découvert des intérêts et des bizarreries communs, chaque révélation approfondissant leur connexion et leur compréhension les uns des autres.

Les yeux de Charlotte brillaient de plaisir alors qu'elle regardait Mark de l'autre côté de la table, son cœur rempli de gratitude pour ce moment exquis. Elle savourait les saveurs, les textures et la compagnie qui l'entourait, se prélassant dans la chaleur de la soirée et la promesse d'une romance naissante.

Le vin a continué à couler, chaque gorgée rehaussant les saveurs du repas et suscitant un sentiment de joie au sein de Charlotte. Le croustillant du vin reflétait le dynamisme de la conversation, créant une symphonie harmonieuse de sensations qui l'emportait.

Alors que le dîner touchait à sa fin et que les assiettes étaient débarrassées, un sentiment de contentement s'installa sur eux. Ils s'attardaient à table, leurs regards verrouillés, leur connexion s'approfondissant à chaque instant qui passait. C'était comme si le temps s'était arrêté, leur permettant de savourer la magie de la soirée et de savourer le lien profond qu'ils avaient forgé.

À ce moment-là, Charlotte a réalisé que ce n'était pas seulement la nourriture délicieuse et le vin exquis qui avaient rendu la soirée mémorable – c'était l'expérience partagée, le rire et la vulnérabilité qui s'étaient tissés dans le tissu de leur connexion.

Alors qu'ils étaient assis là, baignés dans la douce lueur de la lune et la lumière vacillante des bougies, Charlotte s'est autorisée à s'immerger complètement dans le moment. Elle s'imprégnait de la beauté de la mer qui les entourait, du doux balancement du bateau et de la chaleur de la présence de Mark à ses côtés.

Dans cette ambiance sereine, Charlotte se retrouve vraiment présente, savourant le goût des fruits de mer, les notes délicates du vin et la compagnie enivrante de l'homme assis devant elle. Elle ne pouvait s'empêcher de sourire, reconnaissante pour cette soirée extraordinaire et la promesse qu'elle contenait pour l'avenir.

À chaque gorgée de vin et à chaque bouchée, Charlotte savourait la magie du moment, chérissant le lien qu'elle avait noué avec Mark. C'était un dîner qui resterait à jamais gravé dans sa mémoire – une célébration de l'amour, du désir et des plaisirs exquis que la vie avait à offrir.

• • • •

DEUX HEURES S'ÉTAIENT écoulées depuis que Charlotte avait fait ses adieux à Mark, leur soirée ensemble sur le bateau touchant à sa fin. L'expérience avait été tout simplement enchanteresse, et alors qu'elle retournait sur terre, son cœur était rempli d'un mélange de gratitude, d'euphorie et de désir.

Mark, cependant, a ressenti une poussée d'émotion en regardant Charlotte partir. Il ne pouvait pas nier le lien fort qu'ils avaient formé tout au long de la soirée, un lien qui transcendait la simple conversation et avait allumé une étincelle de passion en lui. Le souvenir de sa beauté, de son rire et de la profondeur de leurs conversations persistait dans son esprit, l'exhortant à faire un acte de foi.

Poussé par ses émotions, Mark s'est trouvé incapable de résister au désir dans son cœur. Il s'avança, réduisant la distance qui les séparait, et alors que Charlotte se tournait pour lui faire face, il rassembla le courage d'exprimer ses sentiments.

Avec un regard tendre, Mark tendit la main et prit doucement le visage de Charlotte dans ses mains. L'air crépitait d'anticipation alors qu'il se penchait, ses lèvres frôlant les siennes dans un baiser délicat mais puissant. C'était un geste alimenté par une véritable émotion, un témoignage de la connexion qu'ils avaient partagée tout au long de la soirée.

Pendant un court instant, les sens de Charlotte ont été submergés – le goût des lèvres de Mark, l'odeur de la mer qui persistait sur sa peau et le courant électrique qui traversait son corps. À cet instant, le désir se mêla au poids de la décision qu'elle savait devant elle.

Alors que leurs lèvres se séparaient, leurs yeux se rencontraient, et un monde de pensées et de possibilités tacites semblait passer entre eux. Charlotte, bien qu'exaltée par l'intensité de leur baiser, a compris la signification du moment. Elle avait soif de connexion, à la fois émotionnelle et physique, mais elle voulait aussi honorer la profondeur de son exploration du spectre de l'amour.

Un mélange d'émotions dansait en elle – l'excitation, l'incertitude et le besoin d'introspection. Elle savait que prendre une décision dans le feu de l'action pourrait potentiellement limiter les possibilités qui s'offraient à elle. Elle voulait embrasser la liberté d'explorer différentes options amoureuses, de vraiment comprendre ses désirs et le réseau complexe de connexions qu'elle pouvait tisser.

Avec un sourire qui en disait long, Charlotte se retira doucement du contact de Mark. Elle le regarda dans les yeux, sa voix remplie de gratitude et d'appréciation sincère pour leur soirée ensemble.

« Merci, Mark », murmura-t-elle, ses mots porteurs d'un mélange de bonheur et de contemplation. « Ce soir, cela a été absolument merveilleux, et je chéris la connexion que nous avons partagée. Mais je crois qu'il est important pour moi de prendre le temps de réfléchir à toutes les options amoureuses qui se sont présentées ce soir. »

Mark, bien que décontenancé par la réponse de Charlotte, admirait son honnêteté et la profondeur de sa conscience de soi. Il hocha la tête avec compréhension, les yeux remplis d'un mélange d'admiration et d'anticipation.

« Je respecte ton désir d'explorer toutes tes options, Charlotte », répondit-il, la voix pleine de chaleur. « Sachez que la connexion que nous avons forgée ce soir a été vraiment spéciale, et j'espère que quel que soit le chemin que vous choisissez, il vous apportera bonheur et épanouissement. »

Charlotte sourit avec appréciation, son cœur se gonflant d'un sentiment de libération et d'autonomisation. Elle a compris que prendre le temps d'explorer ses désirs et de contempler les différentes options amoureuses qui s'offraient à elle la mènerait vers un chemin plus authentique et épanouissant.

Avec un dernier adieu et un regard persistant, Charlotte se retourna et commença son voyage d'introspection, sachant que la connexion avec Mark resterait un souvenir précieux et que les possibilités qui l'attendaient étaient aussi illimitées que l'océan lui-même.

Alors qu'elle s'éloignait, Charlotte portait avec elle le poids de la décision qui l'attendait, reconnaissant qu'elle avait le pouvoir de façonner sa propre histoire d'amour – une histoire qui embrassait à la fois les profondeurs de la connexion émotionnelle et l'exploration du désir physique. Dans les jours qui suivent, elle approfondit ses propres désirs, trouvant réconfort et clarté dans la réflexion et la contemplation qui l'attendaient.

C'est ainsi que Charlotte s'est lancée dans un voyage personnel de découverte de soi, permettant à son cœur et à son esprit de se promener dans le vaste paysage du spectre de l'amour, désireuse de découvrir les vérités qui la guideraient vers un avenir qui honorerait ses désirs, son authenticité et sa poursuite de liens profonds et significatifs.

Alors que les mots de Charlotte résonnaient dans l'air, Mark s'est retrouvé à traiter la profondeur et les implications de son désir d'explorer toutes ses options amoureuses. Son esprit s'emballait de questions et d'incertitude, ne sachant pas exactement ce qu'elle voulait dire et ce que cela pourrait impliquer pour leur connexion naissante.

La confusion et une teinte d'insécurité se mêlaient dans les pensées de Mark. Y avait-il quelqu'un d'autre en lice pour l'affection de Charlotte ? Avait-elle des réserves quant à la poursuite d'une relation plus engagée ? Les inconnues pesaient lourdement sur son cœur, tirant sur son sentiment de vulnérabilité.

Mark s'était ouvert à la possibilité d'un lien profond avec Charlotte, se laissant attirer par sa chaleur, son esprit et sa beauté indéniable. La pensée d'une compétition potentielle pour ses affections le laissait incertain et rempli d'un mélange d'émotions – curiosité, anxiété et désir de clarté.

Il aspirait à comprendre les intentions et les désirs de Charlotte, mais il reconnaissait également l'importance de respecter son besoin d'exploration et d'introspection. C'était un équilibre délicat, qui exigeait de la patience et une communication ouverte.

Dans ce moment d'incertitude, Mark a pris la décision consciente d'aborder la situation avec empathie et compréhension. Plutôt que de sauter aux conclusions ou de laisser la jalousie le consumer, il a choisi d'honorer la connexion qu'ils avaient partagée et de donner à Charlotte l'espace dont elle avait besoin pour naviguer dans son propre voyage de découverte de soi.

Il comprenait que l'amour était complexe et multiforme, et que le chemin de chaque individu vers l'accomplissement était différent. Alors que son cœur ressentait une teinte de déception et d'incertitude, il savait qu'embrasser l'inconnu et soutenir Charlotte dans son exploration conduirait à une plus grande authenticité et, en fin de compte, à une connexion plus forte si leurs chemins convergeaient une fois de plus.

Alors que Mark réfléchissait à leur soirée ensemble, il se rappelait le lien indéniable qu'ils avaient partagé – les conversations, les rires et la chimie tangible qui avait pulsé entre eux. C'était une fondation qui ne pouvait pas être facilement rejetée, et il gardait l'espoir que leur connexion transcenderait les incertitudes du présent.

Mark a décidé de communiquer ouvertement avec Charlotte, recherchant la clarté et la compréhension tout en lui donnant l'espace dont elle avait besoin. Il a reconnu que la situation exigeait de la patience et de la confiance, et il était prêt à naviguer dans l'inconnu pour voir où leur connexion mènerait.

Dans les jours qui ont suivi, Mark a tendu la main à Charlotte, exprimant son appréciation pour le temps passé ensemble et sa volonté de la soutenir dans son exploration du spectre de l'amour. Il s'efforcerait de maintenir un sentiment d'ouverture et de compréhension, en gardant leurs lignes de communication vivantes afin de naviguer dans les subtilités de leur connexion.

Alors que l'incertitude persistait, la détermination de Mark restait ferme – il serait là pour Charlotte, offrant son soutien, sa compréhension et une croyance inébranlable dans le pouvoir de leur connexion. Ensemble, ils navigueraient dans la tapisserie complexe de l'amour, chacun poursuivant ses propres vérités tout en gardant vivante la possibilité d'un avenir commun.

Et ainsi, Mark s'est préparé pour le voyage à venir, prêt à affronter les défis et les incertitudes avec grâce et compassion. Il abandonnait ses propres attentes, embrassant la beauté de l'inconnu et confiant que la danse complexe de l'amour les guiderait vers une compréhension plus profonde d'eux-mêmes et de l'autre.

· · · ·

ALORS QUE CHARLOTTE était assise dans le taxi, ses pensées et ses émotions tourbillonnaient en elle. La soirée avec Mark avait été remplie d'intensité et d'excitation, mais son esprit était également attiré par la rencontre avec Amelia au pub. Le souvenir de leur conversation, les larmes dans les yeux d'Amelia et le lien tacite entre eux persistaient dans son esprit.

Alors que le taxi roulait dans les rues, un spectacle inattendu a attiré l'attention de Charlotte : le pub où elle avait partagé un verre avec Amelia. Il se tenait là, un phare de souvenirs et de possibilités, lui invitant à revisiter les liens qu'elle avait formés plus tôt dans la soirée.

Un élan de curiosité et un désir de fermeture ont envahi Charlotte. Elle ne pouvait ignorer le lien fort qu'elle avait ressenti avec Amelia, la profondeur de l'émotion qu'ils avaient partagée lors de cette brève rencontre. C'était comme si le destin avait entremêlé leurs chemins, laissant Charlotte avec des questions sans réponse et un potentiel inexploré.

Avec un mélange de nervosité et d'excitation, Charlotte a trouvé le courage de demander au chauffeur de taxi de faire un détour. Elle avait besoin de suivre l'attraction de son intuition, de chercher une résolution et peut-être une compréhension plus profonde de la connexion qui avait ému en elle.

Alors que le taxi s'arrêtait devant le pub, le cœur de Charlotte a sauté un battement. Elle a payé le chauffeur et est sortie sur le trottoir; Ses yeux fixés sur l'entrée. Les sons familiers des rires et de la musique se répandirent dans la nuit, l'enveloppant d'une étreinte chaleureuse.

Prenant une profonde inspiration, Charlotte poussa la porte et entra. L'atmosphère était vivante d'énergie, l'air épais de l'odeur des conversations et des moments partagés. Elle balaya la pièce, à la recherche d'un aperçu d'Amelia, espérant poursuivre leur connexion interrompue.

Et puis, ses yeux ont rencontré ceux d'Amelia de l'autre côté de la pièce. Le temps semblait s'être arrêté alors qu'ils verrouillaient les regards, une compréhension tacite passant entre eux. À ce moment-là, Charlotte a ressenti une vague de reconnaissance et de possibilités, un appel à explorer la connexion qu'ils avaient brièvement abordée plus tôt dans la soirée.

Avec un mélange d'appréhension et de détermination, Charlotte se dirigea vers Amelia. La pièce semblait s'estomper à l'arrière-plan alors que leurs yeux se fermaient, l'électricité entre eux palpable. Le pub est devenu un espace sacré, un conteneur pour leur connexion naissante.

Amelia sourit, un mélange de surprise et de plaisir traversant son visage. C'était une invitation silencieuse, une reconnaissance qu'ils étaient censés se croiser une fois de plus. Charlotte sentit une chaleur se répandre en elle alors qu'elle réduisait la distance qui les séparait, le poids des rencontres de la soirée la propulsant en avant.

Leur conversation s'est déroulée sans effort, comme s'ils se connaissaient depuis toujours. Ils ont approfondi leurs expériences, leurs désirs et les complexités de l'amour. C'était une rencontre des esprits et des âmes, une danse de vulnérabilité et de compréhension.

Au fur et à mesure que la nuit avançait, Charlotte et Amelia ont découvert un langage commun, un lien qui défiait les frontières et les attentes conventionnelles. Ils ont reconnu la beauté de leurs expériences uniques, leurs désirs qui transcendaient les normes traditionnelles et la nécessité d'honorer leurs propres chemins authentiques.

Dans les profondeurs du pub, au milieu du bourdonnement des conversations et du cliquetis des verres, Charlotte et Amelia ont trouvé du réconfort en présence l'une de l'autre. Ils ont reconnu le pouvoir de leur connexion et le potentiel qu'elle recouvrait pour l'exploration, la croissance et le soutien mutuel.

À chaque instant qui passait, Charlotte sentait sa compréhension du spectre de l'amour s'élargir. Les complexités et les possibilités s'étendaient devant elle comme une toile attendant d'être peinte avec des couleurs vibrantes. Et dans cette prise de conscience, elle a trouvé une liberté retrouvée – une libération des normes sociétales et la permission d'embrasser ses désirs sans compromis.

Au fur et à mesure que la nuit avançait, Charlotte et Amelia riaient, partageaient des histoires et s'ouvraient le cœur l'une à l'autre. Ils ont reconnu que leur lien était unique, et ils se sont révélés dans la compréhension et l'acceptation qui coulaient entre eux.

Dans ce pub, Charlotte a découvert un monde de possibilités – une tapisserie de connexions, de désirs et d'options amoureuses qui s'étendaient bien au-delà de ses perceptions précédentes. Et alors qu'Amelia et elles poursuivaient leur conversation, elle ne pouvait s'empêcher de ressentir un sentiment de gratitude – pour la soirée qui les avait réunis, pour la chance d'explorer l'amour dans toutes ses subtilités et pour la nouvelle compréhension qu'elle avait le pouvoir de façonner sa propre histoire d'amour, une histoire qui honorait ses désirs et embrassait la richesse des liens humains.

Ainsi, au milieu du brouhaha du pub, Charlotte et Amelia ont forgé un lien qui transcendait les frontières des conventions. Ils se sont lancés dans un voyage ensemble, explorant les profondeurs de leurs désirs et les possibilités infinies qui s'offraient à eux. À ce moment-là, le pub est devenu un refuge, un espace où leur moi authentique pouvait s'épanouir et où le vaste spectre de l'amour pouvait être célébré.

Chapitre 4 Dévoiler l'inexploré : une nuit d'intimité avec Amelia

Amelia se pencha plus près, sa voix mêlée d'une invitation subtile alors qu'elle parlait à Charlotte au milieu de l'effervescence du pub.

Amelia : « Charlotte, la nuit est pleine de possibilités, et je ne peux m'empêcher de ressentir un lien fort entre nous. Vous souhaitez continuer cette aventure ? J'ai un appartement juste au coin de la rue, un espace confortable où nous pouvons nous retirer et explorer les profondeurs de nos désirs.

Les yeux de Charlotte s'écarquillèrent légèrement, prise au dépourvu par la proposition d'Amelia. Elle hésita un instant, son esprit s'emballant d'anticipation et de curiosité.

Charlotte : « Amelia, je... Je le ressens aussi. Ce lien entre nous est indéniable, et l'idée de continuer notre soirée ensemble m'excite. Montrer la voie.

Un sourire espiègle tira aux coins des lèvres d'Amelia alors qu'elle se levait de son siège, tendant la main vers Charlotte.

Amelia : « Viens avec moi, Charlotte. Échappons au bruit et immergeons-nous dans un espace qui reflète la beauté de notre connexion. »

Le cœur de Charlotte battit alors qu'elle plaçait sa main dans celle d'Amelia, prête à se lancer dans ce territoire inexploré. Ils se sont frayé un chemin à travers la foule, l'anticipation se construisant à chaque pas vers l'inconnu.

Alors qu'ils sortaient dans l'air frais de la nuit, Amelia guida Charlotte à travers les rues, leurs rires et leur excitation partagée ponctuant le silence entre eux.

Charlotte : « Amelia, je dois l'avouer, je suis curieuse de connaître ton appartement. Qu'est-ce que c'est ? Comment le décririez-vous ?

Les yeux d'Amelia brillèrent malicieusement alors qu'elle se tournait vers Charlotte, sa voix remplie d'un soupçon d'espièglerie.

Amelia : « Oh, ma chère Charlotte, mon appartement est un havre de filles, un espace où charme féminin et confort s'entremêlent. De douces teintes roses ornent les murs, créant une ambiance de chaleur et de tranquillité. C'est un endroit où les désirs peuvent être explorés, les passions peuvent s'enflammer et les connexions peuvent s'approfondir. »

La curiosité de Charlotte s'approfondit, son imagination évoquant des images d'un espace confortable et accueillant.

Charlotte : « Ça a l'air enchanteur, Amelia. J'ai hâte de découvrir la beauté et le confort de votre havre de paix. Je suis sûr que cela reflète le dynamisme de votre personnalité. »

Le sourire d'Amelia s'élargit, ses pas s'accélérant à mesure qu'ils s'approchaient de l'immeuble.

Amelia : « Je suis ravie que tu sois intriguée, Charlotte. C'est un espace que j'ai organisé avec amour, rempli de touches délicates et d'une ambiance qui encourage la vulnérabilité et l'exploration. Je crois que vous le trouverez à la fois captivant et invitant. »

Alors qu'ils atteignaient l'entrée de l'immeuble, Amelia se tourna vers Charlotte, les yeux remplis d'anticipation.

Amelia : « Nous sommes là, Charlotte. Êtes-vous prêt à entrer dans ce monde de possibilités ? Pour embrasser l'inconnu et laisser notre connexion nous guider ?

Charlotte prit une profonde inspiration, sentant une vague d'excitation et d'anticipation couler dans ses veines.

Charlotte : « Oui, Amelia. Je suis prêt. Plongeons ensemble dans cette aventure et découvrons les profondeurs de nos désirs dans les limites de votre havre de paix enchanteur. »

Sur ce, ils sont entrés dans le bâtiment, les mains entrelacées, le cœur aligné dans un voyage commun d'exploration et de connexion.

Alors qu'Amelia lançait son invitation, le cœur de Charlotte battait avec impatience. Elle suivit Amelia avec enthousiasme jusqu'à son appartement, situé à quelques pas du pub animé. Dès que la porte s'est ouverte, Charlotte s'est retrouvée immergée dans un monde qui respirait la féminité et le charme.

L'appartement était le reflet de la personnalité d'Amelia – vibrante, élégante et résolument féminine. De douces teintes roses ornaient les murs, créant une ambiance chaleureuse et accueillante. L'espace était rempli de touches délicates et de détails complexes, chacun contribuant au sentiment général de confort et de beauté.

Dans le salon, des coussins roses moelleux ornaient le canapé douillet, invitant les clients à s'enfoncer dans leur douceur. La pièce était ornée de décorations de bon goût - une collection d'œuvres d'art, des photographies encadrées capturant des souvenirs précieux et des plantes en pot ajoutant une touche de vie et de fraîcheur.

L'espace s'est transformé en une charmante salle à manger, avec une petite table pour deux. La porcelaine délicate, la verrerie étincelante et une pièce maîtresse de fleurs fraîches ont créé une atmosphère d'intimité et d'élégance, parfaite pour partager des conversations et des repas intimes.

Au-delà du salon, un couloir menait au cœur de l'appartement, la chambre à coucher. Alors que Charlotte entrait à l'intérieur, ses yeux s'écarquillèrent à la vue d'un sanctuaire magnifiquement décoré. La pièce émanait d'une aura sereine, un havre où les rêves pouvaient être tissés et les désirs explorés.

La pièce maîtresse de la chambre était un lit somptueux et surdimensionné, recouvert de draps de satin rose tendre, orné d'oreillers dodus et accompagné d'une luxueuse couverture. Il a attiré Charlotte avec sa promesse de confort et d'intimité, un espace où les passions pouvaient s'enflammer et les plaisirs se livrer.

Les murs de la chambre étaient ornés d'œuvres d'art encadrées, de délicats rideaux de dentelle filtrant la lumière naturelle qui se répandait à travers les fenêtres. Une coiffeuse, ornée de parfums délicats, de pinceaux de maquillage et d'un miroir, se tenait dans un coin – un endroit où Amelia s'est sans aucun doute préparée pour le monde avec grâce et assurance.

Alors que Charlotte explorait davantage la pièce, elle remarqua un coin lecture confortable, avec un fauteuil moelleux et une étagère remplie d'une collection éclectique de littérature. C'était un coin de solitude, où Amelia pouvait se plonger dans des histoires et s'échapper dans des mondes au-delà.

Le charme féminin s'étendait à la salle de bain privée, un espace orné de motifs floraux, de bougies parfumées et de produits de bain luxueux. Il promettait des moments de détente et de soins personnels, où le monde extérieur pourrait être laissé pour compte, et l'indulgence dans les plaisirs personnels a pris le devant de la scène.

Dans ce havre de paix pour filles, Charlotte ressentait un sentiment d'intrigue et d'émerveillement. L'appartement en disait long sur la personnalité d'Amelia, une femme qui n'a pas peur d'embrasser sa féminité, entourée de beauté et de confort.

Alors que le regard de Charlotte se posait sur le lit accueillant, elle ne pouvait s'empêcher d'imaginer les possibilités qui s'offraient à eux. La douceur des draps, la lueur de la bougie et la connexion palpable entre elle et Amelia ont créé un air d'anticipation – la promesse d'une nuit où les désirs seraient explorés, les limites repoussées et l'intimité partagée.

Dans l'appartement girly, avec ses teintes de rose et ses touches délicates, Charlotte et Amelia se sont retrouvées au bord du précipice d'un voyage en territoire inconnu – une nuit où l'exploration de leur connexion se déroulerait et où la profondeur de leurs désirs serait dévoilée dans l'étreinte de la chambre magnifiquement ornée.

Alors que Charlotte et Amelia entraient dans les limites du havre girly d'Amelia, un sentiment palpable d'anticipation emplissait l'air. Les douces teintes de rose les enveloppaient, créant une atmosphère qui respirait la chaleur et l'intimité. Ils se tenaient au cœur de l'espace de vie; Leurs yeux se sont enfermés dans un accord silencieux pour explorer les profondeurs de leurs désirs.

D'un toucher doux, Charlotte tendit la main et prit la main d'Amelia dans la sienne, leurs doigts s'entremêlant dans une danse de connexion et d'intimité. Leurs paumes se pressaient l'une contre l'autre, rayonnant d'une chaleur qui reflétait la chaleur croissante entre eux. Le poids de leurs désirs tacites pendait dans l'air, créant une délicieuse tension prête à être libérée.

Charlotte se pencha, les yeux pétillants de désir, et effleura ses lèvres contre la joue d'Amelia, laissant une traînée de baisers délicats. La sensation fit frissonner Amelia, allumant un feu qui brûlait profondément en elle. Encouragée par la réponse d'Amelia, les caresses de Charlotte devinrent plus audacieuses, ses doigts traçant les contours du visage d'Amelia, mémorisant chaque courbe et chaque trait.

Le souffle d'Amelia s'arrêta alors que le contact de Charlotte envoyait des vagues de plaisir à travers son corps. Elle ferma les yeux, s'abandonnant aux sensations qui irradiaient des douces caresses. Un doux gémissement s'échappa de ses lèvres, une invitation pour Charlotte à explorer davantage.

Sentant la puissance de la réponse d'Amelia, la confiance de Charlotte monta en flèche. Elle déplaça sa main le long du cou d'Amelia, ses doigts laissant une traînée de sensations électrisantes dans leur sillage. À chaque contact, l'intensité grandissait, une symphonie de désir jouant entre eux.

Enhardie par la chimie qui pulsait entre eux, Amelia a rendu la pareille, ses mains trouvant leur chemin vers la taille de Charlotte. Elle rapprocha Charlotte, leurs corps se pressant l'un contre l'autre, une étreinte intime qui en disait long. Leurs respirations se mêlaient, et la chaleur entre eux s'intensifiait, une symphonie de passion et de désir atteignant son crescendo.

Les lèvres de Charlotte trouvèrent leur chemin vers le cou d'Amelia, traînant de doux baisers le long de la peau sensible. Sa langue taquinait, goûtant la salinité du désir qui s'y attardait. Le rythme de leurs respirations s'est accéléré, se synchronisant dans une danse d'anticipation partagée.

Les mains d'Amelia, guidées par l'instinct, glissèrent le long du dos de Charlotte, son contact laissant une traînée de chair de poule dans son sillage. Elle sentit la chaleur de la peau de Charlotte sous ses doigts, alimentant son désir d'explorer davantage. Avec une prise ferme mais tendre, Amelia rapprocha Charlotte, leurs corps serrés l'un contre l'autre dans une étreinte fervente.

Le monde autour d'eux s'est évanoui dans l'oubli alors qu'ils s'abandonnaient à l'intensité du moment. Ils se déplaçaient comme un seul homme, leurs corps se balançant dans un rythme passionné, leurs cœurs battant en synchronisation. Le havre girly témoignait de leurs désirs, offrant un espace pour leur exploration et leur connexion.

Avec un élan de confiance, les mains de Charlotte parcouraient le corps d'Amelia, explorant chaque contour et chaque courbe. Les doigts traçaient des motifs délicats le long de la colonne vertébrale d'Amelia, envoyant des frissons de plaisir en cascade à travers elle. Le corps d'Amelia répondit au toucher, se cambrant dans les caresses de Charlotte, un appel silencieux pour plus.

Leurs lèvres se rencontrèrent finalement dans un baiser brûlant – une collision de passion et de désir qui les laissa à bout de souffle. Leurs langues dansaient dans un tango sensuel, leurs bouches se fondant dans une harmonie qui exprimait leur désir commun. C'était un baiser qui transmettait tous les non-dits, le désir ardent et la faim qui s'était installée entre eux.

Le doux balancement de la musique jouée en arrière-plan reflétait le rythme de leurs corps, augmentant l'expérience sensorielle. Le monde extérieur a cessé d'exister à mesure que leur connexion s'approfondissait, leurs corps entrelacés dans une danse intime d'exploration et de plaisir.

Les vêtements sont tombés, révélant la vulnérabilité et la beauté qui se trouvaient en dessous. Leurs corps, désormais pleinement exposés, sont devenus des toiles sur lesquelles étaient peints des désirs. Le havre girly les a embrassées, offrant un espace sûr où les inhibitions se dissolvent et les passions se libèrent.

Allongés sur le lit orné de draps de satin rose tendre, leurs corps entrelacés, ils s'exploraient avec une faim qui ne faisait que grandir à chaque contact. Le bout des doigts traçait chaque courbe, les lèvres caressaient chaque centimètre de peau exposée et les respirations se mêlaient dans une symphonie de plaisir.

Au fur et à mesure que la nuit se déroulait, Charlotte et Amelia se rendirent au plus profond de leurs désirs, allumant un feu qui brûlait de plus en plus à chaque connexion intime. Ils ont découvert le pouvoir de la vulnérabilité et de la confiance, explorant le paysage du plaisir avec une compréhension commune qui transcendait les mots.

Leurs corps bougeaient en parfaite harmonie, une chorégraphie de désir qui se construisait et se construisait jusqu'à ce qu'elle s'écrase comme une vague, les engloutissant dans des vagues d'extase. Dans le havre girly, le temps s'est arrêté alors qu'elles se perdaient dans la passion, leurs cœurs et leurs corps fusionnant en un seul.

Ensuite, ils étaient enlacés, les corps brillants de sueur et les cœurs battant encore avec les échos de leur plaisir partagé. Le havre féminin les a embrassées dans une tendre étreinte, leur offrant un espace pour se prélasser dans la rémanence de leur exploration intime.

Dans le calme du moment, Charlotte et Amelia échangèrent des baisers doux et prolongés, leurs doigts entrelacés. La profondeur de leur connexion s'était encore épanouie, leurs désirs explorés et affirmés. Leurs âmes avaient dansé ensemble, et dans ce havre de filles, elles ont trouvé du réconfort, de la compréhension et un amour qui défiait les attentes.

Alors qu'elles s'endormaient, bercées dans les bras l'une de l'autre, le havre féminin murmurait des promesses d'aventures futures, les invitant à continuer d'explorer les profondeurs de leurs désirs, sachant que leur connexion était une tapisserie qui serait tissée de tendresse, de confiance et d'un sentiment partagé de libération.

À ce moment-là, elles ont réalisé que leur voyage ne faisait que commencer – un voyage qui célébrait le vaste spectre de l'amour, où elles continueraient à plonger dans les eaux inexplorées du désir, guidées par les murmures de leur cœur et l'étreinte du havre girly qui avait vu l'épanouissement de leur passion.

Amelia et Charlotte étaient allongées côte à côte, leurs corps baignant toujours dans la lueur de leur connexion intime. La pièce était silencieuse, l'air lourd d'un mélange de contentement et de vulnérabilité. Avec un toucher doux, Amelia tendit la main et écarta une mèche de cheveux du visage de Charlotte, sa voix remplie de tendresse et d'affection.

Amelia : « Charlotte, c'était... incroyable. Je ne peux pas exprimer avec des mots à quel point cela signifiait pour moi. Je n'ai jamais connu une connexion aussi profonde avec une autre femme auparavant. »

Charlotte se tourna pour faire face à Amelia, un doux sourire ornant ses lèvres alors qu'elle reflétait l'affection dans sa voix.

Charlotte : « Amelia, c'était au-delà de tout ce que j'aurais pu imaginer. C'était ma première fois avec une femme, et je suis reconnaissante que ce soit avec vous. Le lien que nous partageons, la tendresse et le respect que nous nous sommes montrés les uns aux autres, c'est vraiment spécial. »

Les yeux d'Amelia brillaient d'un mélange de joie et de soulagement, rassurés par la réponse de Charlotte.

Amelia : « Je suis tellement contente d'entendre ça, Charlotte. C'était aussi ma première fois avec une autre femme, et je n'aurais pas pu rêver d'une expérience plus belle et plus respectueuse. Il y a une certaine magie qui vient avec l'exploration de nouveaux aspects de nos désirs, et je suis reconnaissant que nous ayons pu partager cela ensemble. »

Charlotte hocha la tête, ses doigts traçant délicatement des motifs le long du bras d'Amelia.

Charlotte : « Absolument. C'est stimulant d'embrasser nos désirs et d'entrer dans l'inconnu, sans regrets ni jugement. Notre connexion de ce soir a réaffirmé ma conviction que l'amour ne connaît pas de frontières et que le plaisir peut être trouvé dans les endroits les plus inattendus.

Le regard d'Amelia s'adoucit ; Sa voix était remplie d'une véritable sincérité.

Amelia : « Tu as raison, Charlotte. L'amour et le plaisir ont une façon de défier les normes et les attentes de la société. Ce soir, nous nous sommes montré qu'il y a de la beauté à embrasser notre moi authentique, même si cela signifie s'aventurer en territoire inconnu. Notre expérience a été romantique, respectueuse et remplie de plaisir partagé.

Ils étaient allongés là, leurs corps enlacés, savourant les moments intimes qu'ils venaient de partager. La pièce les enveloppait dans une bulle de vulnérabilité et de confiance, leur permettant de s'ouvrir et d'exprimer leurs sentiments sans crainte de jugement.

Charlotte rompit le silence, sa voix douce mais remplie de curiosité.

Charlotte : « Amelia, puis-je te demander comment tu te sens maintenant ? Cette expérience, cette connexion que nous avons forgée, c'est une étape profonde dans nos voyages personnels. Êtes-vous satisfait ? Y a-t-il quelque chose dont vous avez besoin ? »

Amelia se tourna pour faire face à Charlotte, son expression chaleureuse et sincère.

Amelia : « Charlotte, je ne pourrais pas être plus contente. Cette expérience a dépassé toutes mes attentes. Être avec vous, partager cette connexion intime, a été un cadeau. Et savoir que nous ressentons tous les deux cela, sans regret, est vraiment spécial. Quant à ce dont j'ai besoin, être en votre présence et ressentir la profondeur de notre connexion est tout ce que je pouvais demander en ce moment. » Un doux sourire joua sur les lèvres de Charlotte alors qu'elle serrait la main d'Amelia.

Charlotte : « Amelia, je suis tellement reconnaissante de ta présence dans ma vie. Ce voyage que nous entreprenons ensemble est inexploré, mais sachant que nous nous soutenons et nous comprenons mutuellement, c'est le chemin le plus naturel à suivre. Notre connexion témoigne de la beauté de l'exploration et des possibilités illimitées de l'amour. »

Leurs regards se sont croisés, et à ce moment-là, ils ont su qu'ils avaient trouvé non seulement une connexion physique, mais aussi un esprit apparenté. Ils étaient des compagnons dans un voyage de découverte de soi, et leurs expériences partagées continueraient à façonner leur compréhension de l'amour, du désir et des complexités du cœur humain.

Dans l'étreinte douce de la rémanence, ils ont compris que leur expérience ensemble n'était pas seulement un moment fugace, mais un tremplin vers une compréhension plus profonde d'eux-mêmes et du potentiel infini qui se trouvait dans leur connexion.

Alors qu'ils étaient allongés là, les cœurs entrelacés, ils ont ressenti un sentiment de libération et d'autonomisation. Ils avaient embrassé leurs désirs, brisé les attentes de la société et laissé l'amour les guider vers une expression plus authentique d'eux-mêmes. Leur voyage ne faisait que commencer et, avec chaque expérience partagée, ils continueraient à naviguer ensemble dans les eaux inexplorées du plaisir, de l'amour et de la découverte de soi.

• • • •

ALORS QUE LA LUMIÈRE du soleil du matin filtrait à travers les rideaux, Charlotte sentit un sentiment de chaleur et de contentement l'envahir. Elle se détacha doucement de l'étreinte d'Amelia, appuyant un tendre baiser sur ses lèvres avant de se préparer à partir.

Charlotte : « Amelia, merci pour tout. La nuit dernière était vraiment spéciale, et je suis reconnaissante de la connexion que nous avons partagée. J'ai des choses à régler aujourd'hui, mais j'espère que nous pourrons bientôt poursuivre notre conversation. »

Les yeux d'Amelia brillaient d'un mélange de tendresse et de compréhension alors qu'elle tendait la main pour caresser la joue de Charlotte.

Amelia : « Charlotte, tu as apporté tellement de lumière dans ma vie. Je chéris les moments que nous avons partagés et j'ai hâte de poursuivre notre connexion. Prenez votre temps, suivez votre chemin et sachez que je serai là quand vous serez prêt. »

Un doux sourire orna les lèvres de Charlotte alors qu'elle hochait la tête en signe d'appréciation, savourant la connexion persistante entre elles.

Charlotte : « Merci, Amelia. Votre compréhension et votre soutien signifient le monde pour moi. Jusqu'à ce que nous nous retrouvions. »

Avec un dernier regard, Charlotte fit ses adieux à Amelia et sortit de l'appartement, les souvenirs de leur temps ensemble encore frais dans son esprit. Alors qu'elle s'éloignait, un mélange de gratitude et d'anticipation remplissait son cœur, prête à affronter le nouveau chapitre qui l'attendait.

Chapitre 5 Une aube nouvelle : explorer les vérités et embrasser le courage

••••

APRÈS AVOIR QUITTÉ l'appartement d'Amelia, Charlotte est rentrée chez elle, ses pensées tourbillonnant d'un mélange d'émotions. Alors qu'elle entrait dans la familiarité de sa maison, elle sentit un sentiment de calme l'envahir. L'eau chaude de la douche embrassait son corps, nettoyant à la fois sa peau et son esprit.

Sous la cascade apaisante, les pensées de Charlotte se tournèrent vers Amelia et Mark. Elle ne pouvait pas nier l'impact qu'ils avaient tous deux eu sur sa vie en si peu de temps. Chaque connexion était unique et avait sa propre signification, suscitant différents désirs en elle.

Alors que l'eau tombait sur elle, l'esprit de Charlotte errait à travers les souvenirs de ses rencontres avec Amelia et les moments exaltants partagés avec Mark. Elle a reconnu qu'elle avait besoin d'explorer davantage les deux connexions, d'approfondir les possibilités qui s'offraient à elle.

Avec un sens renouvelé de la spontanéité et un désir de suivre l'appel de son âme, Charlotte a pris une décision. Elle tendait la main à Mark et s'arrangeait pour le rencontrer à nouveau, pour poursuivre la conversation qui avait été laissée inachevée.

Se séchant, elle enroula une serviette autour de son corps et se dirigea vers sa chambre. Là, elle fouilla dans son placard, choisissant une tenue qui reflétait sa confiance et sa curiosité. Avec une pointe d'excitation, elle s'est glissée dans un ensemble confortable et élégant, imaginant la rencontre qui l'attendait.

Alors que l'horloge approchait de l'heure du déjeuner, Charlotte rassembla ses affaires et se dirigea vers le port. Le bruit des mouettes et le doux balancement des bateaux l'ont accueillie alors qu'elle s'approchait du quai. Son cœur battait avec un mélange d'anticipation et de nervosité alors qu'elle cherchait le bateau de Mark, sa présence familière debout sur le fond bleu étincelant de l'eau.

Prenant une profonde inspiration, Charlotte monta à bord du bateau, le pont en bois sous ses pieds l'immobilisant. Le soleil embrassa sa peau, projetant une lueur chaude sur son visage. Elle jeta un coup d'œil autour d'elle, admirant les images et les sons du port, alors qu'elle attendait avec impatience l'arrivée de Mark.

À ce moment-là, avec la brise marine qui caressait ses joues et la promesse de nouvelles possibilités à l'horizon, Charlotte savait qu'elle suivait l'appel de son cœur. La spontanéité de son âme l'a propulsée vers l'avant, embrassant l'incertitude et le potentiel de connexions significatives.

Alors qu'elle attendait, un sentiment d'autonomisation l'a traversée. Elle avait choisi d'être fidèle à elle-même, d'explorer les profondeurs de ses désirs et les possibilités qui s'y trouvaient. Que ce soit Amelia ou Mark, ou peut-être même quelqu'un de tout à fait inattendu, Charlotte était prête à embrasser les liens qui l'attendaient, à se lancer dans un voyage qui la rapprocherait de son moi authentique.

Le cœur rempli d'impatience, Charlotte attendait Mark, l'esprit ouvert à l'aventure qui l'attendait. Elle était prête à s'engager dans la spontanéité de son âme, à naviguer dans les eaux inexplorées de l'amour et à découvrir les belles complexités de la connexion qui l'attendait.

Vêtue d'une mini-jupe élégante et d'une touche de maquillage imperméable rehaussant sa beauté naturelle, Charlotte respirait la confiance et l'anticipation. Elle a sauté dans sa voiture, le moteur ronronnant à la vie alors qu'elle se lançait dans son voyage vers le bateau de Mark.

Le vent ébouriffait doucement ses cheveux alors qu'elle naviguait dans les rues, son esprit rempli d'un mélange d'excitation et de curiosité. Le trajet semblait passer dans le flou alors qu'elle attendait avec impatience le moment où elle retrouverait Mark.

En arrivant au port, les yeux de Charlotte ont scruté la scène jusqu'à ce qu'ils atterrissent sur le bateau de Mark. Un élan de soulagement et de joie l'a envahie lorsqu'elle l'a aperçu sur le pont, sa présence imposante et accueillante.

Avec un saut dans son pas, Charlotte se dirigea vers le bateau, le bruit de ses talons résonnant contre la jetée en bois. Alors qu'elle atteignait le pont, le visage de Mark s'illumina d'un grand sourire chaleureux qui reflétait le sien.

Mark : « Charlotte ! Je suis ravi de vous revoir. Vous avez l'air absolument magnifique.

Le sourire de Charlotte s'élargit à son compliment sincère, son cœur battant en réponse à son accueil chaleureux.

Charlotte : « Merci, Mark. C'est merveilleux de vous voir aussi. Je n'ai pas pu résister à l'occasion de poursuivre notre conversation et de passer du temps ensemble.

Mark tendit la main, invitant Charlotte à monter à bord du bateau. D'un mouvement gracieux, elle accepta, sentant un sentiment d'anticipation monter entre eux.

Mark : « Je suis honoré que vous ayez choisi de me rendre visite. Le timing ne pourrait pas être plus parfait. Profitons au maximum de ce temps ensemble.

Alors qu'ils s'installaient sur le pont du bateau, le soleil projetait une lueur dorée autour d'eux, créant une ambiance à la fois intime et accueillante. Leur conversation s'est déroulée sans effort, chaque mot approfondissant leur connexion alors qu'ils partageaient des histoires, des rêves et des aspirations.

À chaque instant qui passait, Charlotte était attirée par le charisme de Mark et le véritable intérêt qu'il montrait à apprendre à la connaître. Leur alchimie était indéniable, une force magnétique qui les a rapprochés, suscitant une nouvelle excitation dans le cœur de Charlotte.

Alors qu'ils riaient et partageaient des anecdotes, leurs conversations plongeaient parfois dans des sujets plus profonds, explorant leurs désirs, leurs passions et les complexités de l'amour. La capacité de Mark à écouter et à répondre avec une véritable empathie n'a fait qu'approfondir le lien qu'ils formaient.

Alors que le soleil de l'après-midi commençait sa descente, jetant une teinte chaude sur le port, Charlotte sentit un sentiment de contentement s'installer en elle. Elle avait fait un acte de foi, laissant sa spontanéité la guider, et cela l'avait conduite à ce moment de connexion et de possibilité.

Leur temps passé ensemble sur le bateau ressemblait à un aperçu d'un avenir rempli d'exploration, d'expériences partagées et du potentiel d'une connexion significative. Charlotte était reconnaissante de la spontanéité qui les avait réunis, et elle avait hâte de découvrir où leur voyage mènerait.

Avec le doux balancement du bateau et le rythme de leur conversation, Charlotte a ressenti un sentiment croissant de confiance et d'excitation. En présence de Mark, elle savait qu'elle pouvait être fidèle à elle-même, ne pas avoir peur d'explorer ses désirs et d'embrasser la spontanéité de son âme.

Alors que le soleil plongeait sous l'horizon, projetant un spectacle de couleurs à couper le souffle dans le ciel, Charlotte et Mark ont continué à partager des rires, des histoires et des rêves. Les possibilités à venir semblaient infinies, et ils étaient prêts à entamer ce nouveau chapitre ensemble, avec un cœur ouvert et un enthousiasme partagé pour les connexions qui les attendaient.

L'invitation de Mark à explorer la chambre de son bateau luxueux a déclenché un sentiment d'intrigue et d'anticipation chez Charlotte. Alors qu'ils se dirigeaient vers la chambre, les yeux de Charlotte s'écarquillèrent d'admiration lorsque la porte s'ouvrit, révélant un espace qui respirait l'élégance et le confort.

La chambre était un sanctuaire niché au cœur du bateau. Un éclairage tamisé et tamisé a créé une ambiance intime, projetant une lueur chaleureuse sur la pièce. Les murs étaient ornés de boiseries au design complexe, évoquant un sentiment de beauté intemporelle.

La pièce maîtresse de la chambre était un somptueux lit king-size, orné d'oreillers moelleux et d'une somptueuse couette. Les draps étaient soyeux, invitant Charlotte à s'enfoncer dans leur étreinte. La tête de lit présentait un design touffeté exquis, ajoutant une touche de sophistication à l'espace.

Un plancher en bois élégant et poli tendu sous leurs pieds, accentué par un tapis moelleux qui offrait un espace confortable pour marcher dessus en quittant le lit. De grandes fenêtres encadrées par de délicats rideaux offraient un aperçu des vues à couper le souffle à l'extérieur, permettant à la douce brise et aux bruits lointains de l'eau de sérénade la pièce.

La chambre a été soigneusement conçue avec le confort et la détente à l'esprit. Un petit coin salon, avec un fauteuil moelleux et une table d'appoint, offrait un coin confortable pour des conversations intimes. Des accents doux et décoratifs ornaient la pièce, ajoutant une touche personnelle et insufflant un sentiment de sérénité.

Alors que Charlotte s'avançait dans la pièce, elle remarqua une salle de bain spacieuse, dotée d'élégants comptoirs en marbre, d'une baignoire luxueuse et d'une douche spacieuse. L'élégance des luminaires et l'attention portée aux détails dans la conception témoignaient de l'opulence du bateau.

Mark fit un geste vers le lit, les yeux remplis d'un mélange de désir et de soins sincères.

Mark : « Charlotte, bienvenue dans mon havre de paix. Cette chambre porte la promesse de confort, d'intimité et de moments partagés. Je vous invite à explorer cet espace avec moi, pour créer des souvenirs qui persisteront longtemps après que nous ayons quitté ce bateau.

Le cœur de Charlotte s'accéléra aux paroles de Mark, son regard se déplaçant entre le lit accueillant et ses yeux captivants. Elle a ressenti une poussée d'excitation et de confiance dans la connexion qu'ils étaient en train de forger.

Charlotte : « Mark, cette pièce est tout simplement magnifique. Il reflète l'élégance et la prévenance dont vous avez fait preuve tout au long de notre temps ensemble. Je suis prêt à embrasser l'intimité et les possibilités qui nous attendent ici. »

Le sourire de Mark s'approfondit, un mélange de désir et de respect brilla dans ses yeux.

Mark : « Merci, Charlotte. Il est important pour moi que vous vous sentiez à l'aise et chéri dans cet espace. Ensemble, nous créerons un voyage rempli de respect mutuel, de passion et d'exploration. »

Avec une compréhension commune et une attraction magnétique les rapprochant, Mark et Charlotte se sont dirigés vers le lit, le cœur débordant d'anticipation. Dans ce havre de luxe et de désir, ils étaient prêts à s'abandonner aux possibilités qui les attendaient, embrassant l'intimité et la connexion qui les attendaient dans les limites de l'élégante chambre du bateau.

Alors que Charlotte s'installait sur le lit luxueux, elle pouvait sentir un mélange d'émotions tourbillonner en elle. Le souvenir de sa connexion intime avec Amelia persistait encore, entrelacé avec le désir croissant que le toucher de Mark a enflammé. Elle le regarda dans les yeux, une combinaison de curiosité et de vulnérabilité se reflétant dans son regard.

Sentant la profondeur des émotions de Charlotte, Mark s'approcha d'elle avec un comportement doux et attentif. Sa main, chaude et invitante, tendit la main pour caresser sa joue, traçant des motifs délicats le long de sa peau. Le contact électrique a fait frissonner Charlotte, amplifiant son anticipation.

Leurs yeux se fermèrent, communiquant une compréhension silencieuse entre eux. À ce moment-là, la connexion qu'ils partageaient semblait transcender le temps et l'espace, ce qui témoigne de la complexité du désir et du pouvoir de la connexion humaine.

Le toucher de Mark s'est progressivement égaré, explorant les contours du corps de Charlotte avec une tendresse exquise. Ses doigts traçaient la courbe de son cou, la pente de son épaule et la douceur de sa taille, laissant une traînée de feu dans leur sillage. Le souffle de Charlotte s'accéléra, son corps répondant instinctivement à la délicate danse du plaisir que Mark orchestrait.

Au milieu de leur rencontre intime, Charlotte s'est retrouvée à s'abandonner aux sensations qui la traversaient. L'entrelacement du plaisir et de la vulnérabilité a créé une tapisserie d'émotions qui l'a à la fois exaltée et réconfortée. Elle s'émerveillait de la fluidité du désir et de la capacité de son propre cœur à faire de la place pour les connexions qu'elle explorait.

Alors que les lèvres de Mark trouvaient les siennes dans un baiser passionné, le monde de Charlotte était consumé par l'intensité de leur union. Le goût et la chaleur de leurs respirations mêlées, la caresse de leurs langues et le rythme de leurs corps se déplaçant à l'unisson allumaient un feu qui brûlait de plus en plus à chaque instant qui passait.

Dans cet échange intime, Charlotte a ressenti un lien profond avec Mark – un lien qui existait en soi, distinct de son expérience avec Amelia. C'était un témoignage de la profondeur et de la complexité du désir humain, et de la capacité du cœur à maintenir de multiples connexions, chacune unique et significative à sa manière.

Au fur et à mesure que leurs corps se déplaçaient ensemble, les frontières entre eux s'estompaient, se dissolvant dans une mer de plaisir et d'exploration partagés. Les sensations qui se répercutaient dans le corps de Charlotte étaient à la fois familières et entièrement nouvelles, témoignant de la puissance du moment présent et de la profondeur de ses propres désirs.

Au fur et à mesure que l'intensité de leur rencontre augmentait, Charlotte s'est retrouvée à embrasser les sensations incroyables que Mark évoquait en elle. La juxtaposition de ses expériences avec Amelia et Mark, bien que distincte, a créé une tapisserie de découverte de soi et de connexion qui a façonné sa compréhension de ses propres désirs et de la capacité d'amour dans son cœur.

Dans le sanctuaire de l'élégante chambre, Charlotte et Mark ont révélé la beauté de leur connexion intime. Leur exploration a transcendé toute idée préconçue ou attente, offrant un espace pour la vulnérabilité, le plaisir et un lien de plus en plus profond entre deux âmes prêtes à embrasser l'inattendu.

Au fur et à mesure que leurs corps s'entremêlaient, leur expérience commune est devenue un témoignage de la complexité et de la fluidité du désir. À ce moment-là, Charlotte s'est abandonnée aux sensations accablantes, se permettant d'être pleinement présente et ouverte à l'incroyable intimité que Mark offrait.

Dans l'étreinte du moment, Charlotte a découvert qu'elle était capable d'embrasser les diverses connexions que la vie présentait, savourant les expériences uniques que chacun apportait. Les couches de ses désirs se sont déployées, entremêlant ses expériences avec Amelia et Mark, révélant les subtilités et les nuances qui composaient la tapisserie de son propre voyage de découverte de soi et d'amour.

Alors que l'intensité de leur rencontre intime commençait à s'apaiser, Charlotte s'est retrouvée prise dans un moment de vulnérabilité et d'introspection. Les émotions brutes qui l'avaient traversée au cours de leur échange passionné l'avaient laissée avec un sentiment de malaise. Elle regarda Mark dans les yeux, sa voix tremblante d'un mélange de honte et de curiosité.

Charlotte : « Mark, je... J'ai besoin de vous parler de quelque chose. Pendant notre intimité tout à l'heure, je me suis retrouvé... Je ne sais pas comment dis-le, mais j'avais ces cris incontrôlables. Cela ne m'est jamais arrivé auparavant, et j'ai un peu honte. »

L'expression de Mark s'adoucit et il tendit la main pour caresser doucement la joue de Charlotte, les yeux remplis de compréhension et de réconfort.

Mark : « Charlotte, il n'y a pas besoin d'avoir honte. En fait, je suis heureux que notre connexion ait suscité une réponse aussi puissante en vous. C'est un témoignage de l'intensité du moment et de la connexion profonde que nous partageons. Votre expression de plaisir décomplexée est belle, et il est tout à fait naturel d'expérimenter de nouvelles sensations et réponses.

Les yeux de Charlotte s'écarquillèrent alors qu'elle absorbait les mots de Mark, un mélange de soulagement et d'acceptation l'envahissant.

Charlotte : « Tu n'es pas... contrariée ou rebutée par ça ? »

Mark secoua la tête, un sourire sincère ornant ses lèvres.

Mark : « Absolument pas, Charlotte. J'embrasse et célèbre votre authenticité et l'expression décomplexée de vos désirs. C'est un signe de confiance et d'ouverture entre nous. Chaque connexion que nous avons est unique, et ce sont ces moments d'exploration qui nous permettent d'en apprendre davantage sur nous-mêmes et nos désirs.

Au fur et à mesure que les mots de Mark s'enfonçaient, Charlotte a commencé à réaliser l'importance de son expérience et du voyage qu'elle entreprenait. La honte qui avait jadis obscurci ses pensées a commencé à se dissiper, remplacée par une nouvelle compréhension et acceptation de ses propres désirs.

Charlotte : « Je commence à comprendre que mes désirs sont fluides et en constante évolution. La connexion que j'ai avec vous et les expériences que j'ai eues avec des hommes et des femmes m'ont montré que j'ai la capacité d'embrasser la beauté des deux mondes. Il s'agit d'honorer mon moi authentique et de permettre à mon cœur de montrer la voie. »

Les yeux de Mark brillaient d'un mélange d'admiration et d'encouragement ; Sa voix s'est remplie de soutien.

Mark : « Charlotte, tu es dans un beau voyage de découverte de soi, et c'est incroyable à voir. Embrasser la diversité de vos désirs est un choix courageux et stimulant. En honorant et en explorant les liens qui résonnent en vous, vous forgez un chemin fidèle à votre moi authentique.

Alors que Charlotte absorbait les paroles de Mark, un sentiment de clarté et d'acceptation s'installa en elle. Elle a réalisé que son voyage consisterait à embrasser les complexités de ses désirs, alternant entre des liens avec des hommes et des femmes qui lui convenaient à différents moments.

Dans cette nouvelle compréhension, Charlotte a ressenti un profond sentiment de libération et de gratitude. Elle était reconnaissante pour les expériences qui l'avaient amenée à ce moment, reconnaissante pour la connexion qu'elle partageait avec Mark et reconnaissante d'avoir l'occasion d'explorer les profondeurs de ses désirs avec un cœur ouvert.

Avec leur conversation, un poids avait été levé et un nouveau sentiment d'autonomisation guidait le chemin de Charlotte vers l'avant. Elle a compris que son voyage serait unique, façonné par ses propres désirs et les connexions qui se présenteraient à elle. Elle a embrassé la beauté de la fluidité et la liberté d'explorer l'amour sous toutes ses formes.

Dans les bras de Mark, Charlotte ressent un sentiment renouvelé d'acceptation de soi et une excitation naissante pour les aventures qui l'attendent. L'étreinte alternée des hommes et des femmes serait son chemin, un chemin éclairé par la découverte de soi, la connexion et les possibilités infinies de l'amour.

Chapitre 6 Embrasser la danse des connexions

Au cours du mois suivant, Charlotte s'est retrouvée à naviguer dans la danse délicate des connexions avec Mark et Amelia. À leur insu, Charlotte avait embrassé le polyamour et cherchait à s'épanouir dans les liens uniques qu'elle partageait avec chacun d'eux.

Son temps avec Mark était rempli de sorties aventureuses et de moments passionnés. Ils ont exploré de nouveaux endroits ensemble, des randonnées pittoresques dans les montagnes aux dîners romantiques dans des joyaux cachés de la ville. La chimie entre eux était indéniable et leur connexion continuait de s'approfondir chaque jour qui passait. Charlotte s'est délectée de l'excitation et de la passion que Mark a apportées dans sa vie, chérissant les moments qu'ils ont partagés.

Pendant ce temps, ses rencontres avec Amelia ont été tout aussi transformatrices. Ils se sont plongés dans des conversations profondes, partageant leurs peurs, leurs rêves et leurs expériences les plus profonds. Le toucher tendre et la nature compréhensive d'Amelia ont procuré un sentiment de réconfort et de connexion émotionnelle que Charlotte attendait. Avec Amelia, Charlotte a découvert la beauté de la vulnérabilité et le pouvoir des expériences partagées.

Tout au long de ce mois, Charlotte a habilement équilibré son temps entre Mark et Amelia, s'assurant que chaque relation recevait l'attention et les soins qu'elle méritait. Elle s'est consacrée à être pleinement présente en leur présence, appréciant les qualités uniques qui rendaient chaque connexion spéciale.

Alors que Mark et Amelia n'étaient pas conscients de l'existence de l'autre dans la vie de Charlotte, elle a trouvé du réconfort en sachant qu'elle vivait sa vérité et embrassait les liens épanouissants que le polyamour permettait. Elle s'est délectée de la beauté de ses désirs aux multiples facettes, trouvant de la joie dans la diversité des expériences et la capacité de forger des liens profonds avec plusieurs personnes.

Ce mois-ci est devenu une période de découverte de soi et de croissance pour Charlotte. Elle a commencé à comprendre les subtilités de son propre cœur, réalisant que l'amour n'avait pas de frontières et que l'accomplissement pouvait être trouvé dans l'exploration authentique des connexions.

Dans les moments partagés avec Mark et Amelia, Charlotte a ressenti un sentiment de plénitude. Chaque relation a apporté des qualités uniques et a éveillé différents aspects de son être. Elle a embrassé les complexités de l'amour, comprenant que l'accomplissement pouvait être trouvé dans les liens qui résonnaient profondément avec son âme.

Au fil du mois, Charlotte a approfondi sa compréhension du polyamour. Elle a commencé à réfléchir à la beauté de naviguer dans de multiples connexions, appréciant la diversité des expériences et la capacité du cœur à retenir l'amour pour plus d'une personne.

Alors que le chemin à parcourir était rempli d'incertitudes, Charlotte se sentait responsabilisée et épanouie. Elle avait embrassé ses désirs, honorant les liens qui lui apportaient de la joie et permettant à son cœur de la guider dans l'exploration de l'amour.

Dans la tapisserie complexe de ses relations avec Mark et Amelia, Charlotte a découvert un nouveau sens de l'authenticité, de la libération et de la croissance personnelle. Elle a compris que son voyage continuerait d'évoluer et elle a accueilli les possibilités infinies qui s'offraient à elle.

Alors que le mois touchait à sa fin, Charlotte s'émerveillait de l'impact profond que l'adoption du polyamour avait eu sur sa vie. Elle savait que ce n'était que le début et que son chemin serait celui de l'exploration, de la connexion et de la découverte de soi continues.

Dans l'intimité de sa maison, Charlotte a trouvé du réconfort et un espace sûr pour plonger dans ses pensées et ses sentiments. Alors qu'elle réfléchissait, sa nouvelle confiance en soi rayonnait à travers son être. Elle avait embrassé le polyamour, embrassant la vérité de ses désirs et l'accomplissement qui venait de l'entretien des liens avec Mark et Amelia.

Prenant une profonde inspiration, Charlotte parla à haute voix, s'adressant à elle-même alors qu'elle contemplait le chemin à parcourir.

Charlotte : « J'ai compris l'importance de l'authenticité et de l'honnêteté dans mes relations. J'ai choisi d'embrasser la beauté d'aimer plusieurs personnes, et maintenant il est temps de faire face à la vérité et de la communiquer à Mark et Amelia. Ce n'est peut-être pas une conversation facile, mais je me dois à moi-même et à eux d'être ouvert, transparent et vrai.

À chaque mot, Charlotte sentait sa détermination se renforcer. Elle a reconnu l'importance de sa décision de maintenir les deux liens, réalisant que choisir l'un plutôt que l'autre ne lui apporterait pas l'épanouissement qu'elle recherchait.

Charlotte : « Je ne choisirai pas entre eux. Je rendrai hommage aux liens que j'ai tissés avec Mark et Amelia, en reconnaissant leur individualité et les liens uniques que nous partageons. C'est en embrassant les deux connexions que je peux vraiment honorer mes propres désirs et naviguer dans ce voyage d'amour et de découverte de soi.

Alors qu'elle prononçait ces mots, un sentiment de liberté envahit Charlotte. Elle savait que ce chemin exigeait du courage et une communication ouverte, mais elle était prête à relever les défis qui l'attendaient.

Charlotte : « J'aborderai ces conversations avec amour, respect et volonté d'écouter. Je partagerai ma vérité avec Mark et Amelia, leur donnant l'espace nécessaire pour traiter et exprimer leurs propres pensées et émotions. Ensemble, nous naviguerons dans les complexités de nos relations, embrassant les possibilités qui s'offrent à nous. »

Avec un sentiment renouvelé de détermination, Charlotte a commencé à réfléchir aux raisons pour lesquelles elle devait dire la vérité à Mark et Amelia. Elle a compris que l'honnêteté était le fondement sur lequel la confiance et l'authenticité étaient construites.

Charlotte : « Dire la vérité me permettra de maintenir l'intégrité de nos relations. Il favorisera un environnement de confiance et de communication ouverte, créant un espace où nos relations peuvent prospérer. Cela donnera également à Mark et Amelia l'occasion de prendre des décisions éclairées sur leurs propres désirs et limites.

En examinant les résultats potentiels, Charlotte a reconnu la possibilité de conversations difficiles et d'émotions difficiles. Pourtant, elle a également reconnu le potentiel de croissance, de compréhension et d'approfondissement de leurs liens.

Charlotte : « En acceptant la vulnérabilité et en disant ma vérité, j'ouvre la porte à la croissance, à la fois individuellement et dans nos relations. Nous pouvons faire face à des moments d'incertitude et d'inconfort, mais c'est à travers ces défis que nous avons l'occasion d'apprendre, d'évoluer et de renforcer les liens que nous partageons.

Avec ses pensées clarifiées et son engagement solidifié, Charlotte a fait un vœu à elle-même. Elle se lancerait dans le voyage de la vérité et de la communication ouverte, sachant que cela exigerait du courage, de l'empathie et un engagement inébranlable envers l'honnêteté.

Charlotte : « Je vais laisser de la place aux réponses de Mark et Amelia, leur permettant d'exprimer leurs pensées et leurs émotions sans jugement. J'honorerai leurs parcours et leurs décisions individuels, même s'ils diffèrent des miens. Grâce à ce processus, je resterai fidèle à moi-même, embrassant la beauté de l'amour sous toutes ses formes.

Une fois son introspection terminée, Charlotte a ressenti un sentiment renouvelé de but et de détermination. Elle savait que les conversations à venir façonneraient la trajectoire de leurs relations, mais elle savait aussi qu'elle était prête à faire face à tout ce qui se présenterait à elle. Dans son engagement envers l'honnêteté et l'authenticité, elle naviguait dans les complexités du polyamour avec grâce et intégrité, restant inébranlable dans sa poursuite de l'amour et de la découverte de soi.

Chapitre 7 Dévoiler la vérité

A melia était assise en face de Charlotte dans un café confortable, complètement inconsciente de la révélation qui était sur le point de se dérouler. Charlotte prit une profonde inspiration, son cœur battant d'un mélange de nervosité et de détermination. Cette conversation serait un moment charnière dans leur relation, un moment qui exigerait du courage et de la vulnérabilité.

Charlotte : « Amelia, il y a quelque chose d'important que je dois partager avec toi. Il s'agit de notre connexion et du voyage que j'ai fait. »

Amelia regarda Charlotte, les yeux remplis de curiosité et d'inquiétude. Elle tendit la main, posant une main rassurante sur celle de Charlotte, l'encourageant silencieusement à continuer.

Amelia : « Qu'est-ce que c'est, Charlotte ? Vous pouvez me dire n'importe quoi. Nous avons tissé des liens solides, et je suis là pour écouter. »

Charlotte a pris un moment pour rassembler ses pensées, sachant que les mots qu'elle était sur le point de prononcer auraient un impact profond sur leur relation.

Charlotte : « Amelia, au cours des derniers mois, j'ai appris à comprendre et à embrasser une partie de moi-même que je n'avais pas complètement explorée auparavant. J'ai réalisé que je suis polyamoureuse, ce qui signifie que j'ai la capacité et le désir d'aimer et de me connecter avec plusieurs personnes simultanément.

Les yeux d'Amelia s'écarquillèrent avec un mélange de surprise et de curiosité. Elle écoutait attentivement ; son regard fixé sur Charlotte.

Amelia : « Polyamour... J'en ai entendu parler, mais je ne suis pas sûr de bien comprendre. Pouvez-vous me l'expliquer ? »

Charlotte hocha la tête, appréciant la volonté d'Amelia d'apprendre et d'engager une conversation ouverte.

Charlotte : « Bien sûr. Le polyamour est la pratique d'avoir plusieurs relations amoureuses et consensuelles en même temps, avec la connaissance et le consentement de toutes les personnes impliquées. Il s'agit de favoriser les liens avec plusieurs personnes et d'entretenir chaque lien individuellement. Il est important pour moi d'être honnête avec vous parce que j'apprécie profondément notre connexion. »

Amelia prit un moment pour traiter l'information, son front froncé de contemplation. Elle a pris une gorgée de son café avant de répondre.

Amelia : « Merci d'être honnête avec moi, Charlotte. C'est un nouveau territoire pour moi, mais j'apprécie votre ouverture. Cela signifie-t-il que vous avez d'autres connexions que les nôtres ? »

Charlotte hocha la tête, comprenant le poids de ses mots et l'impact potentiel qu'ils pourraient avoir sur Amelia.

Charlotte : « Oui, Amelia. J'ai également noué un lien avec une autre personne, un homme nommé Mark. J'apprécie profondément ces deux connexions, et il est important pour moi d'être authentique et transparent avec chacun d'entre vous. »

Amelia a pris un moment pour laisser l'information pénétrer, son expression réfléchie alors qu'elle considérait les implications.

Amelia : « Je dois admettre que c'est inattendu. Mais j'apprécie aussi notre connexion, Charlotte. J'apprécie l'honnêteté et la confiance dont vous avez fait preuve en partageant cela avec moi. Bien qu'il me faille du temps pour bien comprendre et naviguer dans les complexités du polyamour, je suis prêt à explorer cela avec un esprit ouvert. »

Le soulagement a envahi Charlotte alors qu'elle écoutait la réponse d'Amelia. L'acceptation et la volonté d'engager un dialogue ouvert ont apaisé ses craintes et lui ont apporté un sentiment d'espoir.

Charlotte : « Merci, Amelia. Votre compréhension et votre ouverture d'esprit comptent beaucoup pour moi. Je veux m'assurer que notre lien reste fort et que nous avons l'espace nécessaire pour explorer notre lien d'une manière qui nous convient à tous les deux. Je m'engage à communiquer ouvertement et à respecter vos limites. »

Amelia sourit chaleureusement, sa main tendue à travers la table pour tenir celle de Charlotte.

Amelia : « Charlotte, notre connexion a été une source de joie et de croissance pour moi. Je crois qu'avec une communication honnête, de l'empathie et une compréhension mutuelle, nous pouvons naviguer ensemble dans les complexités du polyamour. Continuons d'explorer notre lien, en gardant nos lignes de communication ouvertes à mesure que nous en apprenons davantage sur nous-mêmes et les uns sur les autres.

Le cœur de Charlotte se gonfla de gratitude, soulagée d'avoir partagé sa vérité et d'avoir trouvé l'acceptation dans la réponse d'Amelia.

Charlotte : « Merci, Amelia. Votre soutien et votre volonté de vous lancer dans ce voyage signifient le monde pour moi. Naviguons ensemble dans ce nouveau chapitre, en honorant notre lien et en saisissant les opportunités de croissance et d'épanouissement qui nous attendent. »

Alors qu'ils étaient assis là, main dans la main, un nouveau sentiment d'unité et de compréhension s'est épanoui entre Charlotte et Amelia. Leur connexion s'était approfondie grâce à la vulnérabilité et à la communication ouverte, ouvrant la voie à une exploration commune de l'amour, de la découverte de soi et de la beauté du polyamour.

Alors que Charlotte quittait le café, elle ressentit un mélange de nervosité et de détermination alors qu'elle se préparait à révéler la vérité à Mark. Le soutien et la compréhension qu'elle avait reçus d'Amelia lui ont donné un regain de confiance supplémentaire. Elle savait qu'être honnête et authentique avec Mark était crucial pour l'avenir de leur connexion.

En arrivant à leur lieu de rendez-vous convenu, Charlotte a aperçu Mark qui attendait, son expression étant un mélange d'anticipation et de curiosité. Elle s'approcha de lui avec un nouveau sentiment de clarté, prête à partager sa vérité.

Charlotte : « Mark, il y a quelque chose d'important dont je dois discuter avec toi. Il s'agit de notre connexion et du voyage que j'ai fait. »

Les sourcils de Mark se froncèrent légèrement, ses yeux se plissèrent avec un mélange de surprise et d'intrigue.

Mark : « Qu'est-ce que c'est, Charlotte ? Vous semblez sérieux. Je suis tout ouïe.

Charlotte prit une profonde inspiration, puisant de la force dans le soutien qu'elle avait reçu d'Amelia. Elle savait que la conversation à venir façonnerait la trajectoire de sa relation avec Mark.

Charlotte : « J'ai fini par comprendre que je suis polyamoureuse. Cela signifie que j'ai la capacité et le désir d'aimer et de me connecter avec plusieurs personnes simultanément. J'apprécie profondément notre connexion, et il est important pour moi d'être honnête avec vous. »

La surprise initiale de Mark a été rapidement remplacée par une expression réfléchie alors qu'il traitait la révélation de Charlotte. Il prit un moment pour rassembler ses pensées avant de répondre.

Mark : « J'apprécie votre honnêteté, Charlotte. Ce n'est pas quelque chose que je m'attendais à entendre, mais je respecte votre courage de partager cela avec moi. Pouvez-vous m'aider à comprendre ce que cela signifie pour notre connexion ? »

Charlotte hocha la tête, appréciant l'ouverture d'esprit de Mark et sa volonté de participer à la conversation.

Charlotte : « Être polyamoureuse signifie que je suis ouverte à l'idée de nouer des liens avec plusieurs personnes, y compris vous et quelqu'un d'autre dont je me suis rapprochée. J'apprécie ce que nous avons ensemble, et je veux m'assurer que notre lien reste fort tout en explorant le potentiel d'autres relations. »

Mark écoutait attentivement, son expression était un mélange de curiosité et de contemplation.

Mark : « Je ne nierai pas qu'il s'agît d'un nouveau concept pour moi, mais j'admire votre engagement envers l'honnêteté et la transparence. Il est clair que notre connexion est spéciale, et je crois en une communication ouverte et en la compréhension. Bien que j'aie besoin d'un peu de temps pour saisir pleinement les subtilités du polyamour, je suis prêt à explorer cela avec vous.

Le soulagement a envahi Charlotte lorsqu'elle a entendu la réponse de Mark. L'acceptation et la volonté d'engager une conversation sur le polyamour ont ouvert un champ de possibilités pour leur connexion.

Charlotte : « Merci, Mark. Votre compréhension et votre volonté d'entreprendre ce voyage signifient beaucoup pour moi. Il est important pour moi de m'assurer que notre connexion repose sur la confiance, la communication ouverte et le respect des limites de chacun.

Mark sourit, ses yeux reflétant un mélange d'admiration et de détermination.

Mark : « Charlotte, notre connexion a été remplie de joie, de rires et d'expériences partagées. Bien que cela puisse être un territoire inconnu pour moi, je crois que l'amour est un voyage complexe et en constante évolution. Continuons d'explorer notre lien, en saisissant les opportunités de croissance et d'épanouissement qui nous attendent. »

Avec un sens commun de la compréhension et un engagement envers la communication ouverte, Charlotte et Mark ont embrassé l'inconnu. Le chemin devant eux en était un de découverte, d'exploration et d'approfondissement des liens enracinés dans l'acceptation et la confiance.

Alors qu'ils poursuivaient leur conversation, Charlotte ressentit un sentiment renouvelé de gratitude pour les liens qu'elle avait forgés. Elle a compris qu'être fidèle à elle-même et embrasser le polyamour lui permettait de naviguer dans les subtilités de l'amour d'une manière qui honorait ses désirs et nourrissait les liens qui lui étaient chers.

Dans ce moment de vulnérabilité et d'acceptation, Charlotte et Mark se sont lancés dans un voyage commun de croissance et de découverte de soi, guidés par une communication ouverte et un engagement inébranlable à établir une connexion qui célébrait la beauté de leurs individualités et la possibilité d'amours multiples.

Mark était curieux de connaître Amelia et comme il apprécie l'ex, il a demandé directement à Charlotte si Amelia accepterait de faire l'amour avec lui. Charlotte a été surprise mais pas choquée par l'idée.

Les yeux de Charlotte s'écarquillèrent légèrement à la demande inattendue de Mark, sa surprise se mêlant à un soupçon d'intrigue. La franchise de sa question la prit au dépourvu, mais elle appréciait son ouverture et sa curiosité.

Charlotte a pris un moment pour rassembler ses pensées avant de répondre, en considérant les implications potentielles et la dynamique entre les trois.

Charlotte : « Mark, j'apprécie ton honnêteté et ton ouverture à propos de ta curiosité. Cependant, il est important pour moi d'aborder cette situation avec respect pour Amelia et ses limites. Bien que je ne puisse pas parler en son nom, je crois qu'il serait préférable pour nous d'avoir une conversation à ce sujet en tant que groupe, en veillant à ce que toutes les personnes impliquées aient une voix et la possibilité d'exprimer leurs sentiments et leurs désirs.

Mark hocha la tête, reconnaissant l'importance d'une communication ouverte et du consentement.

Mark : « Tu as raison, Charlotte. Il est essentiel que nous abordions cette situation avec respect et considération pour toutes les personnes impliquées. Je ne voudrais jamais compromettre notre connexion ou créer un quelconque malaise entre nous. Discutons-en en groupe et assurons-nous que les sentiments et les limites de chacun sont respectés. »

Charlotte a ressenti un sentiment de soulagement et de réconfort dans la réponse de Mark. Elle a apprécié sa volonté de donner la priorité à la communication ouverte et au consentement, reconnaissant l'importance de naviguer dans la situation avec soin et respect pour toutes les parties concernées.

Ensemble, ils ont pris la décision d'engager une conversation qui inclurait Amelia, créant ainsi un espace de dialogue ouvert et de compréhension. Ils ont compris que le résultat de la discussion dépendrait des sentiments et du niveau de confort d'Amelia, et que la priorité était de maintenir la confiance et le respect au sein de leurs relations.

Avec un sens renouvelé du but, Charlotte et Mark ont entrepris de communiquer avec Amelia, sollicitant son avis et son point de vue sur la question. Ils ont compris que leur parcours d'exploration du polyamour nécessiterait une communication continue, de l'honnêteté et la volonté de naviguer ensemble dans de nouvelles expériences tout en respectant les limites de chacun.

Alors qu'ils entamaient ce nouveau chapitre, leur engagement commun à l'égard de la communication ouverte et du consentement les guiderait dans l'exploration des complexités et des possibilités de leurs relations. C'est à travers ces conversations qu'ils ont forgé un chemin qui célébrait la beauté de l'amour, l'authenticité et la dynamique unique qui peut surgir dans les relations polyamoureuses.

Le téléphone sonna, interrompant le calme de la pièce. Le cœur de Charlotte a sauté un battement quand elle a vu le nom d'Amelia clignoter à l'écran. Elle a répondu à l'appel, la voix remplie d'anticipation.

Charlotte : « Amelia, c'est génial d'avoir de tes nouvelles. Comment allez-vous ? »

La voix d'Amelia portait un mélange de curiosité et d'excitation pendant qu'elle parlait.

Amelia : « Charlotte, j'ai réfléchi depuis notre conversation plus tôt. J'apprécie votre honnêteté et je dois admettre que je suis intrigué.

Mais avant d'approfondir ce voyage, je veux savoir où Mark se situe sur l'idée du polyamour. »

Charlotte jeta un coup d'œil à Mark, un regard complice passant entre eux. Elle a transmis la question d'Amelia à Mark, qui a écouté attentivement avant de répondre.

Mark : « Amelia, j'apprécie votre curiosité et votre désir de communication ouverte. Je réfléchis au polyamour depuis que Charlotte a partagé sa vérité avec moi. Je crois qu'il est important pour nous d'avoir une conversation ouverte et honnête à ce sujet en tant que groupe, où nous pouvons tous exprimer nos pensées, nos sentiments et nos limites. Seriez-vous prêt à vous joindre à nous pour un déjeuner du dimanche, où nous pourrons en discuter davantage ?

Il y a eu une brève pause sur la ligne pendant qu'Amelia examinait la proposition de Mark. L'idée d'une conversation en face à face semblait résonner en elle.

Amelia : « Je pense que c'est une approche juste et respectueuse, Mark. Un déjeuner du dimanche semble être une occasion parfaite pour nous de discuter de nos sentiments, de nos préoccupations et de nos désirs. J'apprécie votre volonté de participer à cette conversation et je suis ouvert à explorer les possibilités que le polyamour nous offre. »

Charlotte sentit un sentiment de soulagement l'envahir alors qu'Amelia exprimait son ouverture à l'idée. Elle admirait la volonté de Mark et d'Amelia d'engager un dialogue ouvert et de créer un espace de compréhension partagée.

Charlotte : « Merci à vous deux pour votre ouverture et votre volonté d'explorer cela ensemble. Je crois que le dîner du dimanche nous donnera l'occasion de nous écouter les uns les autres, de poser des questions et de nous assurer que nous nous sentons tous à l'aise pour aller de l'avant. J'organiserai le déjeuner et trouverai un lieu approprié où nous pourrons avoir une conversation privée et intime.

Avec la date fixée pour leur rencontre, un sentiment d'anticipation a envahi l'air. Chacun d'eux a compris l'importance de ce rassemblement et le potentiel de croissance et de compréhension qu'il détenait. Ils l'ont abordé avec un engagement commun envers l'honnêteté, le respect et l'exploration de leurs connexions dans le cadre du polyamour.

Lorsque Charlotte a raccroché, elle a ressenti un sentiment renouvelé d'espoir et d'excitation. La voie à suivre était encore incertaine, mais elle savait qu'ils s'engageaient dans un voyage qui façonnerait leurs relations de manière profonde. Avec un cœur et un esprit ouvert, ils navigueraient dans les complexités du polyamour, honorant leurs désirs et créant une base de confiance et de communication.

Le déjeuner du dimanche serait un moment charnière, où ils se réuniraient pour partager leurs pensées, leurs peurs et leurs aspirations. Ce serait un espace où leurs individualités et leurs désirs pourraient être exprimés et entendus, jetant les bases d'un avenir qui embrasse la beauté des connexions multiples et les possibilités de l'amour sous toutes ses formes.

Chapitre 8 La convergence des cœurs et des esprits

L e dimanche arriva et la maison de Charlotte grouillait d'énergie et d'anticipation. Elle avait méticuleusement préparé un délicieux déjeuner pour Mark et Amelia, désireux de créer une atmosphère de confort et de chaleur pour cette réunion cruciale. La table était ornée d'une nappe blanche et nette et ornée de délicats arrangements floraux. La douce lueur des bougies ajoutait une touche d'intimité à la scène.

Dans le salon, où ils se réunissaient pour leur conversation, Charlotte avait aménagé des sièges somptueux, s'assurant que chaque personne se sentirait à l'aise et capable de s'exprimer ouvertement. La chambre dégageait un charme chaleureux, avec des tons chauds de terre et un éclairage doux qui créait une ambiance accueillante.

Alors que Charlotte mettait la touche finale sur la table, ses mains tremblaient d'un mélange de nervosité et d'excitation. Elle attendait ce moment avec impatience, espérant que Mark et Amelia se connecteraient et trouveraient un terrain d'entente. Son désir de leur interaction harmonieuse alimentait son énergie nerveuse, alors qu'elle aspirait à une compréhension et à une acceptation profondes entre eux.

Charlotte arpentait la pièce, son cœur battant la chamade, alors qu'elle envisageait les possibilités de la conversation à venir. Elle ne voulait rien de plus qu'Amelia et Mark voient l'amour et le respect sincères qu'elle avait pour eux deux. Elle espérait qu'ils adopteraient le concept de polyamour, reconnaissant son potentiel de croissance et d'épanouissement.

Ses nerfs étaient accompagnés d'un sentiment d'espoir, mêlé à la peur sous-jacente de l'inconnu. Elle savait que leur parcours commun pouvait se dérouler de multiples façons, et c'est cette incertitude qui l'a à la fois enthousiasmée et déstabilisée.

À l'approche du moment, Charlotte prit une profonde inspiration, sachant qu'elle avait fait tout ce qu'elle pouvait pour faciliter un environnement ouvert et accueillant. Elle s'est rappelé que l'honnêteté et la vulnérabilité étaient au cœur de leur connexion et que la conversation à venir ne servirait qu'à approfondir leur compréhension mutuelle.

Quelques instants plus tard, Mark et Amelia sont arrivés, leur présence remplissant la pièce d'un mélange d'anticipation et de curiosité. Charlotte les accueillit avec un sourire chaleureux, ses nerfs momentanément oubliés en présence de ses deux amours.

Tous les trois se rassemblèrent autour de la table, l'arôme du repas soigneusement préparé remplissant l'air. Les yeux de Charlotte s'élançaient entre Mark et Amelia, observant leur langage corporel et cherchant tout signe de tension ou d'inconfort.

Alors qu'ils s'installaient dans leurs sièges, le cœur de Charlotte battait avec un mélange d'excitation et d'appréhension. Elle a pris un moment pour se calmer, sachant que la conversation à venir façonnerait la trajectoire de leurs relations.

Au milieu du tintement des verres et des saveurs salées du repas, la conversation s'est déroulée. Ils ont discuté de leurs pensées, de leurs peurs et de leurs désirs avec un niveau d'honnêteté qui n'a fait qu'approfondir le lien entre eux. La nervosité de Charlotte s'est progressivement dissipée lorsqu'elle a été témoin de l'intérêt et de l'empathie sincères que Mark et Amelia exprimaient l'un pour l'autre.

Dans la chaleur du salon, un sentiment d'unité a émergé. Mark et Amelia ont partagé leurs points de vue et leurs préoccupations, ouvrant ainsi aux possibilités qui s'offraient à eux. Leur volonté commune d'écouter et de comprendre a créé une atmosphère d'acceptation et de respect mutuel.

Alors que le dessert était servi, Charlotte ne pouvait s'empêcher de ressentir une poussée de joie et de soulagement. Son désir d'une connexion harmonieuse entre Mark et Amelia avait été accueilli avec compréhension et un empressement à naviguer ensemble dans les complexités du polyamour.

À ce moment-là, la nervosité qui avait accompagné Charlotte tout au long de la journée s'est dissipée, remplacée par un profond sentiment de gratitude. Elle savait que le voyage à venir ne serait pas sans défis, mais leur engagement commun envers l'honnêteté et la communication ouverte les guiderait à travers.

Alors qu'ils appréciaient la douceur du gâteau et les rires qui remplissaient la pièce, Charlotte ne pouvait s'empêcher de se réjouir de savoir que la première rencontre entre Mark et Amelia avait jeté les bases d'un avenir rempli de croissance, d'amour et d'exploration de leurs liens uniques.

L'atmosphère dans la pièce devint silencieuse alors que Mark abordait le sujet, sa curiosité évidente dans ses yeux. L'expression d'Amelia est devenue sérieuse, un soupçon de vulnérabilité transparaissant alors qu'elle se préparait à partager une partie profondément personnelle de sa vie.

Amelia prit une profonde inspiration, sa voix stable mais remplie d'émotion, alors qu'elle commençait à partager sa vérité.

Amelia : « Mark, il y a quelque chose que je dois partager avec toi, quelque chose qui a façonné ma perspective sur la fondation d'une famille. J'ai vécu une période difficile dans mon passé, car j'ai déjà été forcée de subir un avortement contre ma volonté. Ce fut une expérience traumatisante qui m'a laissé un impact durable. »

Les yeux de Mark s'écarquillèrent d'empathie, sa compréhension du poids derrière les mots d'Amelia grandissant.

Mark : « Amelia, je suis vraiment désolé d'apprendre que tu as dû endurer une expérience aussi douloureuse. Je ne peux pas imaginer ce que tu as traversé.

Amelia hocha la tête, appréciant la compassion et la volonté d'écoute de Mark.

Amelia : « Merci, Mark. Cela a pris du temps et de la guérison, mais je suis arrivée à un point où je désire profondément devenir mère. Je veux faire l'expérience de la joie et de l'amour qui accompagnent l'éducation d'un enfant, créer un environnement stimulant et partager ma vie avec quelqu'un qui fait partie de nous deux.

Mark écouta attentivement; son regard inébranlable alors qu'il absorbait les paroles d'Amelia. Le poids de son désir d'avoir un enfant résonnait profondément en lui.

Mark : « Amelia, ton désir de devenir mère est quelque chose que je peux comprendre. Comme j'ai atteint l'âge de 35 ans, j'ai aussi envisagé de fonder une famille. Je veux faire l'expérience de la joie de la parentalité et partager l'amour qui vient avec l'éducation d'un enfant. »

Un sentiment d'unité et de compréhension s'est installé dans la pièce, car Amelia et Mark ont tous deux reconnu le désir commun d'être parents. Ils échangèrent un regard, une reconnaissance silencieuse du nouvel alignement de leurs désirs.

Amelia : « Mark, je comprends si c'est inattendu ou si tu as besoin de temps pour traiter. C'est une décision importante, et je ne veux pas que vous vous sentiez sous pression. Mais si nous sommes tous les deux prêts, j'aimerais que nous commencions à essayer d'avoir un enfant dès que possible. »

Mark sourit, les yeux brillants d'un mélange d'excitation et de détermination.

Mark : « Amelia, je n'ai pas besoin de temps pour y penser. Je suis prêt. Je suis arrivé à un point dans ma vie où je ressens le fort désir de devenir père. Si nous sommes tous les deux alignés dans cette décision, embarquons ensemble dans ce voyage. »

Le visage d'Amelia s'illumina d'un mélange de soulagement et de joie, sachant qu'ils étaient sur la même longueur d'onde. La perspective de créer une famille a apporté un nouveau sens du but et de l'accomplissement à leur connexion.

La pièce était remplie d'un air d'espoir et d'anticipation, alors que leurs désirs d'enfant fusionnaient avec l'amour et l'engagement qu'ils avaient l'un pour l'autre. Ils savaient que la route à parcourir comporterait ses défis, mais leur détermination commune et la force de leurs liens les guideraient à travers.

À ce moment-là, la pièce semblait rayonner des possibilités d'un avenir qui comprenait l'amour, la parentalité et l'exploration de leur relation polyamoureuse. Leur désir commun d'un enfant est devenu une lueur d'espoir, illuminant le chemin qu'ils étaient sur le point de s'engager ensemble.

Les larmes montaient dans les yeux de Charlotte, un mélange de joie et d'émotions accablantes inondait son être. Son cœur s'est gonflé d'amour et de gratitude pour la connexion qu'elle avait avec Amelia et Mark. Elle a pris un moment pour se calmer, sa voix remplie d'un mélange de vulnérabilité et de joie.

Charlotte : « Je... Je suis incroyablement heureuse. L'idée d'élever un enfant avec vous deux me remplit d'un sentiment de joie indescriptible. Penser que nous pouvons entreprendre ce voyage ensemble, nous soutenir et nous aimer les uns les autres alors que nous apportons une nouvelle vie au monde... C'est vraiment un rêve devenu réalité. »

Amelia et Mark échangèrent des regards, leurs yeux étincelants d'affection et d'une compréhension partagée. Ils tendirent la main, chacun posant une main sur celle de Charlotte, leur contact étant réconfortant.

Amelia : « Charlotte, ton bonheur signifie le monde pour nous. Nous ne voulons rien de plus que de créer un environnement aimant et favorable pour notre enfant, où il sera chéri par nous trois. Votre volonté de faire partie de ce voyage remplit nos cœurs de tant d'amour et de gratitude. »

Mark hocha la tête, sa voix remplie de sincérité et de tendresse.

Mark : « Charlotte, tu as apporté tant d'amour et d'épanouissement dans nos vies. Le fait que vous soyez prêt à élever un enfant avec nous, à faire partie de cet incroyable voyage, me remplit d'un sentiment de profonde gratitude. J'ai hâte de découvrir les joies de la parentalité à vos côtés à tous les deux. »

Alors que leurs mains restaient entrelacées, un sentiment partagé d'unité et d'anticipation remplissait la pièce. La décision de se lancer ensemble dans ce voyage de parentalité avait solidifié leur lien, renforçant l'amour et l'engagement qu'ils avaient l'un pour l'autre.

Charlotte essuya ses larmes, un sourire radieux ornant ses lèvres.

Charlotte : « Je suis honorée et excitée d'être sur cette voie avec vous deux. Nous avons la possibilité de créer une famille enracinée dans l'amour, la confiance et la communication ouverte. Je sais qu'il y aura des défis, mais je crois qu'ensemble, nous pouvons les surmonter avec grâce et un soutien indéfectible.

Amelia et Mark se penchèrent, enveloppant Charlotte dans une étreinte chaleureuse. À ce moment-là, ils se sont révélés dans la joie de leur décision commune, sachant que leur amour s'étendrait à la vie précieuse qu'ils étaient sur le point de créer. Ils ont compris que leur parcours en tant que famille polyamoureuse serait unique, rempli de ses propres joies et complexités.

Les cœurs alignés et leur lien approfondi, ils ont embrassé l'avenir avec un sens renouvelé du but et de la détermination. Ils étaient prêts à se lancer dans le beau voyage de la parentalité ensemble, chérissant chaque instant et créant un environnement aimant et stimulant pour leur enfant.

Alors qu'ils se tenaient l'un l'autre, leur amour formait un lien indissoluble – un lien qui les guiderait à travers les joies et les défis d'élever un enfant ensemble, et qui façonnerait à jamais leur lien en tant que famille polyamoureuse.

La voix d'Amelia avait un ton d'inquiétude et d'attention alors qu'elle abordait le sujet, reconnaissant l'importance d'assurer un environnement sain pour leur futur enfant. Elle se tourna vers Charlotte et Mark, ses yeux reflétant un mélange de détermination et d'amour.

Amelia : « Je pense qu'il est important pour nous d'avoir une compréhension globale de nos profils viraux avant de commencer à essayer de concevoir. C'est une mesure de précaution pour assurer la sécurité et le bien-être de notre enfant. Qu'en pensez-vous tous les deux ? »

Charlotte et Mark ont échangé des regards, leur engagement commun à créer un environnement sûr et sain évident dans leurs expressions. Ils ont hoché la tête en signe d'accord, leurs voix remplies de compréhension et de soutien.

Charlotte : « Amelia, je comprends tout à fait votre inquiétude, et je suis d'accord que c'est une mesure responsable à prendre. Nous voulons nous assurer que notre enfant a le meilleur départ possible dans la vie. Allons de l'avant et planifions les tests sanguins. »

Mark intervint ; sa voix remplie de conviction.

Mark : « Je suis tout à fait d'accord. Le bien-être de notre enfant est de la plus haute importance. En comprenant nos profils viraux, nous pouvons prendre toutes les précautions nécessaires et prendre des décisions éclairées pour protéger leur santé. Planifions les tests sanguins la semaine prochaine. »

Les yeux d'Amelia s'adoucirent de gratitude, appréciant le soutien indéfectible et la compréhension de Charlotte et de Mark.

Amelia : « Merci à vous deux d'avoir été si compréhensifs. C'est un témoignage de l'amour et de l'attention que nous avons pour notre futur enfant. Je vais prendre l'initiative de planifier les rendez-vous et de m'assurer que tout est organisé pour la semaine prochaine. »

Au fur et à mesure qu'ils élaboraient leurs plans, un sentiment d'unité et de responsabilité partagée s'est installé dans leur cœur. Ils savaient que cette étape ne concernait pas seulement leur santé individuelle, mais aussi le bien-être collectif de leur famille grandissante.

Charlotte tendit la main, serrant doucement la main d'Amelia, un geste de réconfort et de solidarité.

Charlotte : « Amelia, je vous suis reconnaissante de votre souci du détail et de votre engagement envers le bien-être de notre enfant. Votre amour et vos soins transparaissent dans chaque décision que nous prenons. Nous sommes dans le même bateau, en tant qu'équipe. »

Amelia sourit, les yeux brillants d'amour et de gratitude.

Amelia : « Et je vous suis reconnaissante à tous les deux, pour votre compréhension et votre soutien. Nous entreprenons ce voyage ensemble, et je sais que nous surmonterons tous les défis qui se présenteront à nous avec grâce et force. Notre enfant sera entouré d'une fondation d'amour et de protection. »

À ce moment-là, leur lien est devenu encore plus fort. Ils se sont souvenus de la profondeur de leur amour et de l'engagement inébranlable qu'ils avaient pris l'un envers l'autre et envers l'avenir qu'ils construisaient ensemble.

Alors qu'ils continuaient à planifier et à se préparer pour leurs tests sanguins, l'anticipation et l'excitation pour leur voyage commun se sont intensifiées. Ils étaient prêts à assumer les responsabilités parentales avec un cœur ouvert, un esprit ouvert et un dévouement inébranlable à la création d'un environnement aimant et sain pour leur enfant.

Chapitre 9 Planter des racines, construire une maison

. . . .

DEUX MOIS S'ÉTAIENT écoulés depuis qu'Amelia, Charlotte et Mark avaient pris la décision de se lancer dans leur voyage ensemble, embrassant le polyamour et la perspective de la parentalité. Pendant ce temps, leur connexion s'était approfondie et leur amour s'était épanoui de manière magnifique et inattendue. Alors qu'ils continuaient à naviguer dans les complexités de leur relation, ils ont décidé qu'il était temps de passer à l'étape suivante – une étape qui renforcerait leur engagement et fournirait un espace physique où ils pourraient construire une vie ensemble.

Avec leurs ressources combinées et le rêve commun de créer une maison au bord de la mer, ils se sont lancés à la recherche de leur havre de paix idéal. Après des semaines de planification méticuleuse et d'innombrables visites, ils sont finalement tombés sur une magnifique maison dans les Hampton, une vaste propriété en bord de mer qui semblait promettre des possibilités infinies.

La maison était haute et majestueuse, son extérieur blanc scintillant sous les rayons dorés du soleil. Niché au milieu d'une végétation luxuriante et surplombant l'océan étincelant, c'était un spectacle à voir. La grande entrée les a invités à aller de l'avant, promettant un sanctuaire où leur amour et leur connexion pourraient s'épanouir.

En entrant à l'intérieur, ils ont été accueillis par un hall spacieux qui respirait l'élégance et la chaleur. Les chambres se sont ramifiées dans différentes directions, chacune ayant son propre charme unique. La maison comptait six pièces, offrant amplement d'espace pour leur famille grandissante et le potentiel de créer des havres individuels qui reflétaient leur personnalité.

Amelia, Charlotte et Mark ont exploré chaque pièce avec un mélange d'excitation et d'anticipation. Ils imaginaient les souvenirs qu'ils créeraient entre ces murs, les rires qui résonneraient dans les couloirs et l'amour qui remplirait chaque coin de la maison.

La chambre principale, avec sa vue panoramique sur l'océan, parlait à leur cœur. Sa grandeur et sa tranquillité en ont fait la retraite parfaite, un endroit où ils pouvaient trouver réconfort et connexion. Les autres pièces offraient une polyvalence, offrant des espaces pouvant être transformés en crèches, bureaux à domicile ou sanctuaires artistiques.

Au fur et à mesure qu'ils se déplaçaient dans la maison, leur excitation grandissait, leurs visions s'entremêlant alors qu'ils partageaient leurs rêves et leurs désirs pour chaque pièce. La salle à manger, baignée de lumière naturelle, semblait appeler aux réunions de famille et aux dîners intimes. Le salon confortable, avec ses canapés confortables et sa cheminée crépitante, promettait des soirées passées à se blottir contre lui, à partager des histoires et à rire.

Dans la cuisine, leurs yeux brillaient d'excitation alors qu'ils envisageaient de préparer des repas ensemble, les arômes de leurs plats préférés flottant dans l'air. Ils pouvaient presque goûter la chaleur et l'amour qui rempliraient l'espace, alors qu'ils partageaient des aventures culinaires et expérimentaient avec les saveurs.

Alors qu'ils atteignaient la cour arrière, leur souffle s'est arrêté à la vue d'une vaste terrasse qui menait à une plage de sable privée. Le doux fracas des vagues a fourni une mélodie apaisante, un rappel de la beauté qui les entourait. La cour elle-même offrait des possibilités infinies, une toile sur laquelle ils pouvaient créer un havre de détente et de jeu.

La décision d'acheter la maison a été unanime – une affirmation retentissante de leur engagement et de leur foi en l'avenir qu'ils construisaient ensemble. Avec les documents nécessaires signés et les clés en main, ils se sont lancés dans le voyage de transformation de la maison en maison.

Les semaines se sont écoulées dans un tourbillon d'activité, alors qu'ils mettaient tous les trois tout leur cœur à insuffler à la maison leur amour et leurs touches personnelles. Chaque chambre est devenue le reflet de leur individualité et de leurs aspirations communes.

Le flair artistique d'Amelia s'est manifesté dans des peintures et des sculptures vibrantes qui ornaient les murs, insufflant à la maison un sens de la créativité et de l'imagination. L'œil de Charlotte pour le design a transformé les chambres en espaces accueillants, alliant élégance et confort. La passion de Mark pour le travail du bois a apporté des meubles sur mesure qui ont ajouté de la chaleur et du caractère à chaque coin.

Ensemble, ils ont peint des murs, arrangé des meubles et soigneusement sélectionné des décors qui parlaient à leur âme. Ils ont ri, dansé et partagé des moments d'épuisement et d'euphorie alors qu'ils transformaient la maison en leur havre partagé au bord de la mer.

Lorsque les touches finales ont été mises en place, un sentiment de fierté et d'accomplissement les a submergés. Ils se tenaient main dans la main, examinant la maison qu'ils avaient construite ensemble, ce qui témoigne de leur amour, de leur résilience et de leur engagement inébranlable les uns envers les autres.

Amelia, Charlotte et Mark ont traversé la maison avec un sens renouvelé du but et de la gratitude. Chaque pièce avait sa propre histoire, un chapitre dans le récit de leur amour et de leur voyage commun. Leur maison était un sanctuaire, un endroit où ils pouvaient être eux-mêmes authentiques, un témoignage de la belle complexité de leur relation polyamoureuse.

Alors que le soleil commençait à se coucher, projetant une lueur dorée sur leur havre, ils se rassemblèrent sur le pont, le visage rempli de crainte et de contentement. Avec le bruit de l'océan en toile de fond, ils ont trinqué à leur nouveau départ, embrassant l'amour et l'abondance qui les entouraient.

Leur maison est devenue un témoignage des possibilités de l'amour – un sanctuaire où ils pouvaient grandir, évoluer et entretenir leur connexion. Ensemble, ils ont entamé le prochain chapitre de leur voyage, reconnaissants pour le havre qu'ils avaient créé – un endroit où leur amour trouverait à jamais du réconfort et prospérerait, guidés par les profondeurs infinies de leur cœur.

Chapitre 10 La tapisserie de l'amour : créer un foyer ensemble

La chambre d'Amelia lui sert de refuge, un sanctuaire où elle peut s'immerger dans la tranquillité et exprimer son esprit artistique. Les murs sont ornés de teintes douces et pastel qui créent une atmosphère sereine et apaisante, invitant à un sentiment de paix et de détente. La salle est ornée d'œuvres d'art vibrantes, un témoignage des prouesses créatives et de la passion d'Amelia. Chaque trait de couleur raconte une histoire, reflétant son monde intérieur et servant de source d'inspiration.

Près de la fenêtre, un coin lecture confortable invite Amelia à se détendre et à se perdre dans les pages d'un livre. La lumière du soleil filtre à travers les rideaux, projetant une douce lueur sur le fauteuil confortable et la pile de romans reposant sur une table voisine. C'est un espace où Amelia peut s'échapper dans différents mondes, permettant à son imagination de se promener librement.

La pièce maîtresse du havre d'Amelia est le lit, drapé de rideaux fluides qui donnent un air de beauté éthérée. Les draps doux et les oreillers moelleux offrent un cocon de confort, l'invitant à sombrer dans un sommeil paisible chaque nuit. Avec un équilibre délicat d'élégance et de confort, le lit devient un sanctuaire pour le repos et le rajeunissement, un endroit où Amelia peut trouver réconfort et inspiration après une longue journée.

La chambre de Mark, quant à elle, reflète son affinité pour la simplicité et la fonctionnalité. Le décor incarne une esthétique minimaliste, avec des lignes épurées et des tons neutres dominant l'espace. Les murs sont ornés de photographies soigneusement sélectionnées et de souvenirs de ses voyages, capturant des moments d'aventure et d'inspiration. Chaque image raconte une histoire, un rappel des lieux qu'il a explorés et des expériences qui l'ont façonné.

Un bureau spacieux occupe un coin de la pièce, baigné de lumière naturelle par la fenêtre. Il sert d'espace dédié à Mark pour s'immerger dans son travail et ses activités créatives. À sa surface, un ordinateur portable et des cahiers étaient en parfait état, reflétant son dévouement et sa passion. Le bureau devient un centre de productivité, permettant à Mark de canaliser son attention et son énergie dans ses projets et ses efforts.

Le lit dans la retraite de Mark est un havre de confort, l'enveloppant dans une mer d'oreillers moelleux et de draps doux. C'est un endroit où il peut trouver un répit et recharger son esprit, offrant un sanctuaire paisible à la fin de chaque journée. La simplicité de la pièce permet une clarté d'esprit, offrant un espace où Mark peut vraiment se détendre et trouver du réconfort dans la sérénité qui l'entoure.

Dans l'oasis de Charlotte, sa chambre devient le reflet de sa personnalité et un témoignage de son amour pour la littérature et les trésors personnels. Les murs sont ornés d'étagères qui abritent ses livres préférés, chaque volume contenant une histoire ou une idée qui a touché son âme. Des bibelots précieux et des souvenirs précieux occupent les espaces restants, mettant en valeur son amour pour la collection d'artefacts significatifs qui ont une valeur sentimentale.

Les tons chauds et terreux de la pièce créent une ambiance accueillante, évoquant un sentiment de confort et de confort. Une coiffeuse, ornée d'un miroir bien éclairé, devient un espace où Charlotte peut s'adonner à des moments de soins personnels et de réflexion. C'est un endroit où elle peut nourrir son monde intérieur, trouver l'inspiration et un sentiment d'ancrage.

Au cœur de l'oasis de Charlotte se trouve le lit, un sanctuaire de rêves et de détente. Orné d'oreillers moelleux et de couvertures douces, il devient un lieu où elle peut se retirer et se ressourcer. La chambre dégage un sentiment de chaleur et de sérénité, reflet du désir de Charlotte d'un havre de paix dans leur maison commune.

Alors qu'ils se préparent à l'arrivée de leurs petits, ils créent des espaces uniques et stimulants pour leurs enfants. La chambre de la petite fille est un havre de douceur et de tendresse, ornée de teintes roses tendres et de délicats motifs floraux. Il est conçu pour embrasser l'esprit nourricier d'un foyer aimant.

La chambre du petit garçon, quant à elle, est un espace vibrant rempli d'énergie et d'espièglerie. Des nuances de bleu ornent les murs, complétées par des peintures murales fantaisistes d'animaux et de nature. C'est un espace où l'aventure et l'exploration sont encouragées, favorisant un sentiment de curiosité et d'émerveillement.

Enfin, la chambre de conception a une signification sacrée dans leur maison. Orné de tissus luxueux et d'un éclairage tamisé, il devient un havre de passion et d'intimité – un espace dédié à la connexion profonde et au désir entre Amelia, Charlotte et Mark. Le lit, avec ses draps soyeux et ses oreillers moelleux, devient un vaisseau pour leur amour et leur désir, embrassant leurs désirs et leurs rêves.

Chaque chambre de leur maison commune raconte une histoire unique – un reflet des personnes qui les occupent et de l'amour qui les unit. De la sérénité et du flair artistique à la simplicité et à la fonctionnalité, leurs chambres sont des espaces où ils peuvent se retirer, rajeunir et célébrer la beauté de leur connexion.

Le moment tant attendu était enfin arrivé – la première nuit dans leur maison nouvellement créée, un espace qui symbolisait leur amour, leur engagement et leurs rêves partagés. Après deux mois à construire une fondation et à préparer leur cœur, Amelia, Charlotte et Mark se sont retrouvés à l'aube d'un nouveau chapitre de leur vie : la création de leur famille.

Au fur et à mesure que la soirée se déroulait, un sentiment palpable d'anticipation emplissait l'air. La maison, maintenant un sanctuaire de leur amour, semblait vibrer d'énergie et de possibilités. Les chambres, ornées de leurs touches personnelles, murmuraient des promesses d'intimité et de connexion. Dans leur cœur, ils savaient que cette nuit aurait une signification profonde – une convergence du désir, de la fertilité et du rêve commun de mettre un enfant au monde.

Au milieu de cette nouvelle anticipation, les synchronicités de la vie semblaient se dérouler de manière mystérieuse. Charlotte et Amelia se sont retrouvées dans la phase fertile de leurs cycles, un alignement qui a approfondi leur connexion et alimenté leurs espoirs de concevoir un enfant ensemble. C'était un moment fortuit, qu'ils ont reconnu avec gratitude et révérence.

Au fur et à mesure que la soirée avançait, ils se sont réunis tous les trois dans l'espace sacré de la chambre de conception. La pièce, ornée de tissus luxueux et d'un éclairage tamisé, avait une aura d'intimité et de possibilités. Leurs cœurs étaient remplis d'un mélange d'excitation, de vulnérabilité et d'amour profond alors qu'ils se lançaient dans ce voyage intime vers la parentalité.

Mark, prêt à embrasser ce moment, a ouvert la voie avec une tendresse qui reflétait son dévouement. Ensemble, ils sont entrés dans la chambre, le poids de leurs rêves et de leurs désirs les propulsant en avant. Dans cet espace sacré, le temps semblait s'être arrêté alors qu'ils embrassaient la beauté de leur connexion et le potentiel illimité d'une nouvelle vie.

Les cœurs entrelacés et la compréhension profonde de leurs désirs, ils se sont lancés dans une danse intime, une danse qui célébrait leur amour, leur confiance et leur engagement commun à fonder une famille. Dans cette chambre de la création, leurs corps ont fusionné, leurs désirs se sont fondus et leurs esprits se sont envolés. Ils se sont rendus aux profondeurs de la passion, de la vulnérabilité et du lien profond qui les unissait.

Au milieu des murmures d'amour et des échos de leurs rêves partagés, ils se sont révélés dans la puissance de ce moment. Chaque contact, chaque caresse et chaque respiration portaient un but – un but qui allait au-delà de leurs désirs individuels et s'étendait au domaine de la création d'une vie, d'un avenir et d'un héritage d'amour.

Au fur et à mesure que la nuit se déroulait, leurs corps dansaient en harmonie – une symphonie de désir, de plaisir et de vulnérabilité. Le temps semblait perdre son emprise alors qu'ils embrassaient la magie de cette expérience partagée, leurs cœurs battant à l'unisson. Dans cette union sacrée, ils ont fusionné non seulement leurs corps physiques, mais aussi leurs espoirs, leurs rêves et leurs intentions pour la vie qu'ils aspiraient à faire exister.

Alors que la nuit cédait lentement la place à l'aube, leurs corps entrelacés et leurs âmes entrelacées, ils gisaient ensemble dans la rémanence. Dans le silence, leurs respirations se mêlaient, un doux rappel de la connexion profonde qu'ils avaient forgée. Leur cœur débordait de gratitude, pour ce moment, pour leur amour et pour les possibilités infinies qui s'offraient à eux.

La première nuit dans leur maison nouvellement créée était devenue une tapisserie d'amour, un témoignage de leur engagement, de leur vulnérabilité et de leur vision commune de la construction d'une famille. Alors qu'ils s'endormaient, leurs rêves étaient remplis des murmures d'un avenir rempli d'amour, de rires et du bruit des pieds minuscules. Ensemble, ils s'étaient lancés dans un voyage qui transformerait à jamais leur vie, leur amour et l'héritage qu'ils créeraient en tant que famille polyamoureuse.

Chapitre 11 Une nouvelle entreprise est née

....

TROIS MOIS S'ÉTAIENT écoulés depuis que Charlotte, Amelia et Mark avaient trouvé leur rythme en tant que famille polyamoureuse, embrassant un amour qui défiait les normes sociétales et les attentes traditionnelles. Pendant ce temps, leur lien s'était approfondi, leurs liens s'étaient renforcés et leur vie était devenue une tapisserie de passion, d'intimité et d'épanouissement émotionnel.

Alors que les jours se transformaient en semaines, Charlotte s'est retrouvée à réfléchir au chemin qu'ils avaient pris. Le voyage de découverte de soi et d'exploration avait non seulement transformé leur vie, mais avait également allumé une étincelle en elle – une idée qui vacillait avec le potentiel d'avoir un impact sur d'autres personnes qui recherchaient l'amour au-delà des limites de la monogamie.

Un soir, alors qu'ils étaient tous les trois assis ensemble, se prélassant dans la chaleur de leur amour commun, Charlotte aborda timidement le sujet qui occupait ses pensées. Sa voix tremblait d'un mélange d'excitation et de vulnérabilité lorsqu'elle révélait son idée : écrire un livre sur leurs expériences, leur voyage dans le polyamour et les leçons qu'ils avaient apprises en cours de route.

Les yeux d'Amelia brillaient de curiosité et de soutien, tandis que le regard de Mark contenait un mélange d'intrigue et d'encouragement. Ils ont écouté attentivement Charlotte partager sa vision – un livre qui mettrait en lumière la beauté et les complexités du polyamour, offrant des conseils et de l'inspiration à ceux qui osaient s'aventurer au-delà des attentes de la société.

Au fur et à mesure que la discussion s'approfondissait, leur enthousiasme commun grandissait. Ils ont réalisé que leur voyage avait non seulement transformé leur propre vie, mais qu'il avait également le potentiel d'aider les autres à naviguer dans les eaux inexplorées du polyamour. Ils ont vu une occasion de partager leurs expériences, leurs défis et leurs triomphes, fournissant une feuille de route pour ceux qui cherchent un chemin similaire vers l'amour et l'épanouissement.

Avec leur sagesse collective et leurs perspectives uniques, ils ont réfléchi à des idées pour le livre – des chapitres sur la communication, la jalousie, la navigation dans de multiples relations et la construction d'une base solide de confiance et de compréhension. Ils ont imaginé un livre qui non seulement éduquerait mais aussi inspirerait, offrant une lueur d'espoir aux personnes qui se sentaient piégées dans les limites de la monogamie, mais aspiraient à une expression plus large et authentique de l'amour.

Alors que l'excitation remplissait la salle, ils ont fait un pacte : se lancer ensemble dans ce voyage littéraire. Charlotte serait l'écrivain, tissant leurs histoires et leurs idées dans une tapisserie de mots. Amelia et Mark offriraient leurs points de vue, partageant leurs propres expériences et fournissant des idées inestimables qui enrichiraient le livre.

Les jours se sont transformés en semaines, et Charlotte s'est plongée dans le processus d'écriture. Elle a mis son cœur et son âme sur les pages, capturant l'essence de leur voyage polyamoureux – la joie, les défis, la vulnérabilité et le profond sentiment de connexion qui s'était épanoui entre eux.

Tout au long du processus d'écriture, Charlotte s'est retrouvée à réfléchir à leurs expériences – les incroyables rencontres sexuelles et émotionnelles, les profondeurs de leur amour et les territoires inexplorés qu'ils avaient parcourus en tant que triade polyamoureuse. Elle s'émerveillait de la profondeur de leur lien, de la croissance qu'ils avaient vécue individuellement et en famille, et du soutien indéfectible qu'ils s'étaient mutuellement apportés.

Au fur et à mesure que le manuscrit prenait forme, Charlotte s'est rendu compte que leur histoire ne concernait pas seulement leur propre parcours personnel, mais témoignait de la résilience et du courage de tous ceux qui osaient adopter le polyamour. Elle espérait que leurs paroles serviraient de guide aux personnes qui aspiraient à un amour qui transcendait les normes sociétales, les aidant à naviguer dans les complexités et les défis qui accompagnaient ce chemin non conventionnel.

Simultanément, l'esprit d'entreprise de Charlotte s'est agité en elle. Inspirée par leur propre parcours, elle a saisi l'occasion de créer une agence de rencontres, un espace où les personnes à la recherche de relations polyamoureuses pourraient trouver du soutien, des conseils et des partenaires potentiels qui embrassaient les mêmes valeurs et désirs.

Avec le sens aigu des affaires de Mark et le soutien d'Amelia, ils se sont lancés ensemble dans cette nouvelle entreprise. Ils ont jeté les bases de l'agence, envisageant un espace sûr et inclusif qui faciliterait les liens et favoriserait une communauté de personnes partageant les mêmes idées à la recherche d'amour, de connexion et d'épanouissement dans des relations non traditionnelles.

Alors que le livre approchait de sa fin et que l'agence de rencontres prenait forme, le cœur de Charlotte s'est gonflé d'un sentiment de but et d'accomplissement. Elle a reconnu le pouvoir transformateur de leur parcours et le potentiel d'inspirer et de soutenir les autres à trouver leur propre chemin vers l'amour et l'épanouissement.

Le jour est arrivé où Charlotte a tapé les derniers mots de leur livre, un témoignage de leur amour, de leur engagement et de la beauté du polyamour. Avec Amelia et Mark à ses côtés, ils ont célébré cette étape importante – une représentation tangible de leur parcours et de leur désir de partager leurs expériences avec le monde.

En fermant le chapitre de leur livre, ils ont embrassé le prochain chapitre de leur vie: le lancement de l'agence de rencontres. Ils se tenaient la main, le cœur rempli d'espoir et d'enthousiasme, alors qu'ils se lançaient dans cette nouvelle entreprise, élargissant leur portée et créant un espace où d'autres pouvaient trouver l'amour et la connexion qu'ils avaient découverts.

Ensemble, ils avaient non seulement transformé leur propre vie, mais avaient également allumé une étincelle qui guiderait et inspirerait les autres dans leurs propres voyages d'amour, d'authenticité et d'épanouissement. En regardant vers l'avenir, ils savaient que leur héritage irait au-delà de leur propre histoire d'amour, laissant une marque indélébile dans le cœur de ceux qui osaient redéfinir l'amour selon leurs propres termes.

Avec un but et une détermination, Charlotte s'est lancée dans l'écriture de leur livre sur le polyamour. Alors que les mots coulaient du bout de ses doigts, elle a versé son cœur et son âme dans le manuscrit. Les expériences, les défis et les moments de transformation qu'ils avaient partagés en tant que famille polyamoureuse sont devenus l'essence du livre – un témoignage de leur amour et un guide pour les autres à la recherche d'un chemin similaire.

Cependant, Charlotte a pris une décision qui allait façonner le cours de son parcours en tant qu'auteure. Elle a choisi d'écrire le livre sous un pseudonyme, gardant son identité anonyme. Ce choix lui a permis de partager leur histoire avec honnêteté et vulnérabilité tout en protégeant leur vie privée. C'était une décision consciente, enracinée dans la conviction que le message et les leçons du livre devaient avoir préséance sur la reconnaissance personnelle.

Au fur et à mesure que Charlotte approfondissait le processus d'écriture, elle a trouvé du réconfort dans l'anonymat. Les mots coulaient librement, libérés du poids de l'examen public. Elle se sentait libre d'explorer les profondeurs de leur voyage polyamoureux, sans être encombrée par la peur du jugement ou des préjugés. Ce pseudonyme est devenu son bouclier, lui permettant d'assumer pleinement son rôle de conteuse sans les contraintes d'une exposition personnelle.

Alors que le manuscrit approchait de sa fin, Charlotte a dû prendre une décision cruciale : comment publier le livre et le partager avec le monde. Elle voulait s'assurer que leur message atteigne autant de personnes que possibles, offrir du soutien, des conseils et de l'inspiration à ceux qui aspiraient à l'amour au-delà des frontières traditionnelles. Après mûre réflexion, elle a choisi de soumettre le manuscrit à une maison d'édition sans révéler sa véritable identité. À son insu, la maison d'édition appartenait à son père, un homme d'affaires prospère qui s'était fait un nom dans le monde littéraire. Le manuscrit résonnait profondément en lui, évoquant des émotions qu'il ne pouvait pas tout à fait expliquer. Reconnaissant l'impact potentiel du livre, il a pris la décision de le publier, ignorant que sa propre fille était l'esprit brillant derrière les mots.

Lorsque le livre est arrivé sur les étagères, son impact s'est répercuté dans tout le monde littéraire. L'auteur pseudonyme a attiré l'attention et les éloges pour la crudité et l'authenticité de la narration. Les lecteurs ont été captivés par la représentation intime du polyamour, un sujet qui avait longtemps été stigmatisé et mal compris. Le livre est devenu une lueur d'espoir et de validation pour ceux qui aspiraient à un amour qui défiait les normes sociétales.

Les ventes ont grimpé en flèche à mesure que les lecteurs adoptaient le message du livre, trouvant réconfort, validation et conseils dans ses pages. L'auteur pseudonyme est devenu un mystère, un symbole de libération et de possibilité, captivant le monde littéraire avec son anonymat et la puissance de ses mots.

Pendant ce temps, Charlotte regardait silencieusement le succès de son livre depuis les lignes de touche. Son cœur s'est gonflé de fierté et de gratitude lorsqu'elle a été témoin de l'impact que cela a eu sur la vie des lecteurs. La décision de rester anonyme lui avait permis de se séparer de la réception du livre et de se concentrer uniquement sur le message qu'il transmettait. Elle a trouvé du réconfort en sachant que leur histoire faisait une différence, même si son identité restait cachée.

Le succès du livre a ouvert des portes à leur entreprise d'agence de rencontres. Au fur et à mesure que les lecteurs résonnaient avec leur histoire et cherchaient à explorer leurs propres voyages d'amour non traditionnel, l'agence est devenue une plate-forme permettant à des personnes partageant les mêmes idées de se connecter et de forger des relations significatives. L'entreprise a prospéré, offrant un espace sûr et inclusif où les individus pouvaient explorer le polyamour et découvrir l'amour et la connexion dont ils rêvaient.

Dans le monde littéraire, l'auteur pseudonyme est devenu une sensation, une voix qui défiait les attentes et défiait les normes sociétales. Les critiques ont loué les idées du livre, l'émotion brute et la capacité de l'auteur anonyme à capturer les complexités et la beauté du polyamour. Les interviews et les discussions ont porté sur le mystérieux écrivain, déclenchant des débats sur l'importance de l'anonymat et le pouvoir de la narration.

Pendant ce temps, Charlotte a continué à naviguer dans l'équilibre délicat de l'anonymat et de la reconnaissance publique. Elle a vu son livre résonner avec d'innombrables lecteurs, validant leurs propres expériences et les inspirant à embrasser leurs désirs authentiques. C'était un sentiment doux-amer, sachant que son parcours personnel avait touché la vie de tant de personnes, tout en restant cachée derrière un pseudonyme.

Au plus profond de son cœur, Charlotte a trouvé du réconfort dans l'impact qu'elle faisait, même si sa véritable identité restait cachée. Elle a compris que le pouvoir du livre n'était pas dans le nom derrière les mots, mais dans le message lui-même – un message qui transcendait les identités individuelles et parlait du désir universel d'amour, de connexion et d'épanouissement.

Alors que le livre continuait de prospérer et que l'agence de rencontres prospérait, Charlotte a accepté son rôle de catalyseur du changement. Elle a vu l'impact de leur histoire et le pouvoir de la vulnérabilité et de l'honnêteté. Et bien que son anonymat ait protégé sa vie personnelle, il n'a pas diminué le profond sentiment de but et d'accomplissement qu'elle ressentait dans son cœur.

En fin de compte, ce n'est pas la reconnaissance ou les éloges personnels qui ont motivé Charlotte – c'est le fait de savoir que leur histoire avait touché des vies, ouvert les esprits et offert de l'espoir à ceux qui osaient redéfinir l'amour selon leurs propres termes. Elle avait trouvé son but en partageant leur voyage, en guidant les autres vers l'amour et l'épanouissement qu'ils méritaient. Et dans les profondeurs de son anonymat, Charlotte a trouvé un profond sentiment d'accomplissement – une affirmation que parfois, l'impact le plus véritable est fait lorsque l'individu prend du recul, permettant au message de briller de lui-même.

Chapitre 12 Un voyage d'acceptation et de compréhension

Plus tard, elle a pris la décision de dire la vérité à son père. Elle l'a rencontré.

Charlotte : Papa, est-ce qu'on peut parler ?

Père : Bien sûr, Charlotte. Qu'est-ce qui vous préoccupe ?

Charlotte : Je veux vous dire quelque chose d'important, quelque chose que je vous cache depuis un moment maintenant. Il s'agit du livre que vous avez publié.

Père : Oh, oui ! C'est un succès, n'est-ce pas ? Je suis fier de l'impact que cela a eu.

Charlotte : Merci, papa. Je suis heureux que vous ressentiez cela, mais il y a quelque chose que vous devriez savoir. Je suis l'auteur de ce livre.

Père : (Surpris) Toi ? Mais... Je n'en avais aucune idée. Pourquoi l'avez-vous gardé secret ?

Charlotte : J'ai choisi d'écrire sous un pseudonyme parce que je voulais que le livre parle du message, pas de la personne qui se cache derrière. Je voulais qu'il résonne avec les lecteurs sur ses propres mérites, sans aucun parti pris personnel ou attention sur moi.

Père : Je comprends ton intention, Charlotte, mais je dois admettre que je ressens un mélange d'émotions en ce moment. Surprise, oui, mais aussi fierté que ma propre fille ait écrit un livre aussi puissant et percutant.

Charlotte : Merci, papa. Je vous suis reconnaissant de votre compréhension. Ce n'était pas une décision facile de garder le secret, mais je croyais qu'il était nécessaire que le livre atteigne son plein potentiel.

Père : Je respecte ton choix, Charlotte, et je suis fier de toi pour le courage et le talent dont tu as fait preuve en écrivant ce livre. Je peux maintenant voire pourquoi il a résonné avec tant de lecteurs. Mais je dois admettre que j'ai aussi quelques inquiétudes.

Charlotte : Je comprends, papa. Quelles sont vos préoccupations ?

Père : Eh bien, ce livre raconte une histoire très personnelle et non conventionnelle sur votre famille polyamoureuse. Je ne peux m'empêcher de m'inquiéter de la façon dont cela pourrait affecter la réputation de notre famille et votre vie personnelle.

Charlotte : Papa, j'y ai pensé aussi, et je veux que tu saches que j'ai pris des précautions pour protéger notre vie privée et celle d'Amelia et Mark. La décision d'écrire anonymement a été prise avec leur consentement et en tenant compte de leurs propres désirs de confidentialité. Je ne ferais jamais rien pour nuire intentionnellement à notre famille.

Père : J'apprécie votre considération, Charlotte, et votre réconfort apaise certaines de mes inquiétudes. Mais je dois admettre que j'ai besoin de temps pour traiter cette information et comprendre comment elle s'intègre dans nos vies.

Charlotte : Je comprends, papa, et je respecte ton besoin de temps. Mais je veux que vous sachiez que ce livre n'a pas été écrit pour défier ou défier notre famille. Il a été écrit pour partager une histoire d'amour, d'acceptation et de poursuite du bonheur au-delà des normes sociétales. J'espère qu'avec le temps, vous pourrez voir la beauté du voyage de notre famille.

Père : Cela prendra du temps, Charlotte, mais je t'aime et je m'efforcerai toujours de t'accepter et de te soutenir. Votre bonheur et votre épanouissement sont importants pour moi, et j'ai confiance que les choix que vous avez faits sont fondés sur votre propre vérité. Nous trouverons ensemble un moyen de naviguer dans ce nouveau chapitre.

Charlotte : Merci, papa. Votre amour et votre acceptation signifient le monde pour moi. Je crois qu'avec le temps, vous finirez par comprendre et accepter notre famille tout comme vous avez accepté les choix et les différences des autres. Nous sommes toujours votre famille, et notre amour l'un pour l'autre est inébranlable.

Père : Tu as raison, Charlotte. L'amour devrait toujours triompher du jugement et des attentes de la société. Je ne comprends peut-être pas pleinement votre parcours, mais je ferai de mon mieux pour être là pour vous et vous soutenir en tant que votre père.

Charlotte : C'est tout ce que je peux demander, papa. Merci de votre écoute et de votre volonté d'essayer de comprendre. Notre famille n'est peut-être pas conventionnelle, mais elle est enracinée dans l'amour, le respect et un désir partagé de bonheur. Ensemble, nous pouvons surmonter tous les défis qui se présentent à nous.

Au cours de cette conversation sincère, Charlotte et son père ont entamé un nouveau chapitre de compréhension et d'acceptation. Ce fut un tournant, un moment qui a marqué le début de leur croissance continue en tant que famille. Dans leur engagement commun envers l'amour et le soutien, ils ont trouvé force et résilience, ouvrant la voie à un avenir où l'amour ne connaissait pas de limites et où l'acceptation ne connaissait pas de limites.

Dans un moment de calme, après que Charlotte eut partagé sa vérité avec son père, sa mère entra dans la pièce. Il y avait un sentiment d'anticipation, car Charlotte se demandait comment sa mère réagirait à la révélation. Avec un mélange de nervosité et d'espoir, elle a commencé à expliquer ce qu'elle avait dit à son père.

Charlotte : Maman, j'ai besoin de te parler. Je viens d'avoir une conversation avec papa et je lui ai révélé quelque chose d'important.

Mère : (Curieuse) Qu'est-ce que c'est, Charlotte ? Vous semblez un peu anxieux.

Charlotte : J'ai parlé à papa du livre que j'ai écrit et du fait que je suis l'auteur sous pseudonyme. J'ai partagé notre histoire, notre voyage dans le polyamour et l'impact qu'il a eu sur nos vies.

Mère : (surprise) Oh mon Dieu, Charlotte ! C'est toute une révélation. Je n'en avais aucune idée. Comment votre père a-t-il réagi ?

Charlotte : Il avait besoin d'un peu de temps pour traiter l'information, mais finalement, il l'a acceptée et a exprimé son amour et son soutien. C'était un mélange d'émotions pour nous deux, mais il m'a rassuré en me disant qu'il s'efforcerait de comprendre et d'accepter notre famille telle qu'elle est.

Mère : (Pensive) Je vois. Cela a dû être beaucoup à encaisser pour lui. Et que pensez-vous de sa réponse ?

Charlotte : Maman, je suis soulagée et reconnaissante qu'il soit prêt à essayer de comprendre. Cela signifie beaucoup pour moi. Nous avons eu une conversation sincère, et bien qu'il puisse y avoir des défis en cours de route, son acceptation me donne de l'espoir.

Mère : (réfléchie) C'est merveilleux, Charlotte. Je suis heureux que votre père ait choisi de vous soutenir. Mais qu'en est-il de moi ? Comment pensez-vous que je vais réagir ?

Charlotte : Maman, j'espère que tu pourras aussi trouver dans ton cœur d'accepter notre famille. Je sais que notre voyage n'est pas conventionnel, mais notre amour l'un pour l'autre reste inébranlable. Je voulais partager notre histoire non pas pour vous défier ou vous contrarier, mais pour aider d'autres personnes qui sont peut-être sur un chemin similaire et qui recherchent l'acceptation et la compréhension.

Mère : (Embrassant Charlotte) Ma chère Charlotte, je t'aime plus que les mots ne peuvent l'exprimer. Je ne comprends peut-être pas complètement ou n'ai pas anticipé ce voyage, mais votre bonheur et votre épanouissement sont de la plus haute importance pour moi. Je ferai de mon mieux pour embrasser notre famille telle qu'elle est et vous soutenir à chaque étape du processus.

Dans ce moment tendre, mère et fille ont trouvé du réconfort dans les bras l'une de l'autre. Leur amour a transcendé les complexités du parcours non conventionnel de leur famille, les ancrant dans un engagement commun envers l'acceptation et la compréhension. C'était un témoignage du lien indissoluble entre une mère et son enfant –

un lien qui pouvait résister à n'importe quelle tempête et embrasser le caractère unique de l'amour de leur famille.

Alors que les jours se transformaient en semaines et les semaines en mois, la famille de Charlotte a navigué dans les subtilités de leur nouvelle normalité. Ils ont fait face à des défis et à des incertitudes, mais leur amour et leur soutien mutuel sont restés inébranlables. Chaque jour qui passait, la force de leur unité familiale grandissait, alimentée par l'acceptation, la compréhension et l'ouverture de cœur qu'ils avaient embrassées.

Leur voyage est devenu un témoignage du pouvoir de l'amour inconditionnel – un amour qui pouvait transcender les attentes de la société et embrasser le caractère unique du chemin de chaque individu. C'était un amour qui célébrait la beauté de la diversité, reconnaissant que l'amour et l'acceptation n'avaient pas de frontières.

Alors que Charlotte, sa mère et son père entamaient ensemble ce nouveau chapitre, ils ont forgé un lien plus profond – un lien fondé sur l'authenticité, la vulnérabilité et un engagement commun à aimer inconditionnellement. Leur famille est devenue un témoignage de la résilience de l'esprit humain, du pouvoir de l'acceptation et de la nature transformatrice de l'amour.

Dans la tapisserie de leur vie, ils ont tissé une histoire d'amour, d'acceptation et de croissance – une histoire qui a inspiré les autres à embrasser leurs propres voyages uniques et à trouver du réconfort dans les bras de ceux qui les aimaient et les comprenaient vraiment. Et en fin de compte, c'est l'amour et l'acceptation au sein de leur famille qui sont devenus leur plus grande force – une force qui les guiderait à travers tous les défis qui les attendaient.

Au fur et à mesure que les jours se transformaient en semaines, les parents de Charlotte sont devenus plus curieux de la vie qu'elle avait créée avec Amelia et Mark. Ils en étaient venus à accepter et à soutenir le parcours polyamoureux de leur fille, et maintenant, ils voulaient l'embrasser pleinement. Avec un cœur ouvert et un sens de l'aventure, ils ont fait des plans pour visiter la maison secrète de Charlotte et rencontrer Amelia et Mark pour la première fois.

Le jour est arrivé et l'excitation a envahi l'air lorsque les parents de Charlotte sont entrés dans la maison qui était devenue un havre d'amour et d'acceptation. L'étreinte chaleureuse entre Charlotte et ses parents reflétait le lien profond qu'ils partageaient, maintenant renforcé par leur compréhension et leur soutien mutuels.

Amelia et Mark ont accueilli les parents de Charlotte à bras ouverts, leurs sourires rayonnant de chaleur et d'hospitalité. Les hésitations initiales qui accompagnent souvent de telles rencontres se sont dissipées au fur et à mesure qu'ils échangeaient des histoires, des rires et des expériences partagées. C'était comme s'ils se connaissaient depuis des années, unis par un amour commun pour Charlotte et un désir de créer une unité familiale harmonieuse.

Au coucher du soleil, l'arôme d'un barbecue grésillant emplissait l'air, attirant tout le monde sur le patio extérieur. Le père de Charlotte, désireux de vivre cette dynamique familiale unique, s'est joint à Mark pour griller les mets délicieux. Le son des rires et des conversations emplissait l'air alors qu'ils savouraient les délicieuses saveurs et partageaient des histoires de leur propre vie.

Le père, intrigué par l'ambiance et l'énergie vibrante de la maison, ne put s'empêcher de remarquer une porte marquée des initiales « CC ». Sa curiosité piquait ; Il ne put s'empêcher de poser des questions sur sa signification.

Père : (Avec un soupçon de curiosité) Charlotte, puis-je vous poser une question sur la pièce avec les initiales « CC » ? Je l'ai remarqué plus tôt, et ma curiosité a eu raison de moi.

Charlotte : (souriant) Oh, papa, c'est la Chambre de la Conception. C'est une pièce spéciale pour les moments intimes et la conception de l'avenir de notre famille. Nous voulions créer un espace qui symbolise nos espoirs et nos rêves.

Père : (Surpris, son visage devient légèrement rouge) Ah, je vois. Eh bien, je dois admettre que cela m'a pris au dépourvu. C'est certainement une touche unique à votre maison.

Charlotte : (Doucement) Je comprends, papa. Cela peut sembler non conventionnel, mais c'est une représentation de l'amour et de l'engagement que nous avons les uns envers les autres et de notre parcours commun. C'est une pièce remplie d'espoir et du désir de créer une famille remplie d'amour et de joie.

Le père, bien que momentanément surpris, a reconnu la profondeur de l'amour et de l'intention derrière leur foyer unique. Il s'est rendu compte que cette pièce, avec ses initiales sur la porte, témoignait de la détermination inébranlable de sa fille à créer une famille fondée sur l'amour et l'acceptation.

Au fur et à mesure que la soirée avançait, la conversation s'est déroulée sans effort, tissant une tapisserie d'expériences, de rêves et d'aspirations partagés. Ils se sont livrés à un délicieux dessert de fromages français, accompagné d'un riche vin de Bordeaux, un clin d'œil au mélange des cultures et des traditions qui les avait réunis.

À ce moment-là, réunis autour de la table, les parents de Charlotte se sont émerveillés de l'amour et de la connexion dont ils ont été témoins au sein de cette famille non conventionnelle. Ils étaient remplis d'un profond sentiment de gratitude pour le voyage qui les avait conduits à ce moment d'unité, d'acceptation et de compréhension.

La soirée s'est terminée par des câlins, des rires et des promesses de rester en contact et de nourrir les liens qui s'étaient formés. Alors que les parents de Charlotte faisaient leurs adieux, ils portaient avec eux une nouvelle appréciation de la beauté de la diversité, de la force de l'amour et du pouvoir de l'acceptation.

À partir de ce jour, les parents de Charlotte sont devenus une partie intégrante de sa famille polyamoureuse. Leur amour et leur soutien ont transcendé les attentes de la société, embrassant les possibilités illimitées que l'amour pouvait apporter. Ensemble, ils se sont lancés dans un voyage commun, un voyage qui approfondirait à jamais leurs liens, célébrerait leurs différences et renforcerait le lien indéfectible de la famille.

Dans le cœur de Charlotte, Amelia, Mark et ses parents, un nouveau chapitre avait commencé, rempli d'amour, d'acceptation et de mélange harmonieux des vies et des cœurs. Leurs expériences partagées continueraient à façonner leur histoire, leur rappelant le pouvoir transformateur de l'amour, de la compréhension et de la joie qui découle de l'adoption à bras ouverts de ce qui n'est pas conventionnel.

Chapitre 13 Grossesses multiples

U n an plus tard, les deux femmes étaient enceintes de Mark.
La grossesse d'Amelia a été une période d'anticipation, de joie et de connexion profonde. Au fur et à mesure que son ventre grandissait, elle rayonnait d'une lueur maternelle, embrassant le miracle de la vie grandissant en elle. Au fil des mois, Mark et Charlotte se sont tenus à ses côtés, lui offrant un soutien indéfectible et la comblant d'amour et de soins.

Ensemble, ils se sont lancés dans un voyage de préparation, assistant à des rendez-vous prénataux, lisant des livres et créant un environnement stimulant pour leur enfant à naître. La grossesse d'Amelia a été remplie de moments de crainte et d'émerveillement, alors qu'ils sentaient les mouvements du bébé et écoutaient le son rythmique des battements de cœur de leur petit.

À l'arrivée du mois de juillet, Amelia a accouché, entourée de l'amour et de la présence de la famille qu'elle a choisie. La pièce était remplie d'un sentiment d'excitation et d'anticipation alors qu'ils attendaient l'arrivée de leur précieux garçon, Nate. L'atmosphère était celle de la sérénité et du soutien, avec une musique apaisante jouant doucement en arrière-plan.

La force et la détermination d'Amelia ont transparu lorsqu'elle a mis Nate au monde, guidée par le soutien de Mark et de Charlotte. Leur présence et leur amour combinés lui ont donné le courage d'endurer les défis de l'accouchement. La pièce était remplie de larmes de joie et d'émotion accablante lorsque Nate a pris son premier souffle et s'est niché dans les bras aimants de sa mère.

Quelques mois plus tard, c'était au tour de Charlotte de vivre le miracle de la grossesse. Son voyage a été rempli d'un sentiment de crainte et d'émerveillement, alors que son corps se transformait pour nourrir la vie qui grandissait en elle. Amelia et Mark l'ont comblée d'amour et de soutien, chérissant chaque étape de cette période extraordinaire.

Au fil des mois, Charlotte a senti les doux coups de pied et les battements de sa petite fille, Rose, un beau rappel de la vie qui s'épanouissait en elle. Avec Amelia et Mark, ils se sont préparés à l'arrivée de Rose, en assistant à des cours d'accouchement et en créant un espace nourricier pour leur fille.

En septembre, l'air était rempli d'anticipation lorsque Charlotte a accouché. Entourée de l'amour et du soutien de sa famille choisie, elle a embrassé la puissance de son corps et le voyage profond d'apporter une nouvelle vie dans le monde. La pièce était remplie d'un éclairage tamisé, de parfums apaisants et des sons mélodiques de la nature, créant une atmosphère de tranquillité.

Avec Mark et Amelia à ses côtés, Charlotte a puisé dans sa force intérieure et a donné naissance à leur fille, Rose. Ce fut un moment de pure magie, alors que leur petite fille est entrée dans le monde, accueillie par des larmes de joie et l'étreinte chaleureuse de ses parents aimants. Leurs cœurs se gonflaient d'un amour débordant et d'un profond sentiment de gratitude pour ce précieux don de la vie.

Au fur et à mesure que les jours se transformaient en semaines et les semaines en mois, Nate et Rose ont grandi, nourris par l'amour et le dévouement de leurs parents, Amelia, Charlotte et Mark. Leur maison était remplie de rires, de roucoulements et de douces mélodies de berceuses. Ensemble, ils ont créé un environnement harmonieux et aimant, favorisant un fort sentiment de famille et de connexion.

Amelia, Charlotte et Mark ont célébré les jalons de leurs enfants avec fierté et joie, chérissant le lien unique qu'ils avaient en tant que famille polyamoureuse. Chaque grossesse et naissance a servi de rappel de l'incroyable pouvoir de l'amour, de l'acceptation et de la capacité du cœur humain à se développer et à englober la beauté de la dynamique familiale non conventionnelle.

Nate et Rose grandiraient entourés d'un système de soutien qui embrassait leur individualité, célébrait leur unicité et nourrissait leurs rêves. Alors qu'ils entreprenaient leur propre voyage, ils seraient guidés par l'amour et la sagesse de leurs parents et le lien indéfectible de leur famille extraordinaire. Dans l'étreinte de leur foyer aimant, Amelia, Charlotte, Mark, Nate et Rose continueraient à naviguer dans les belles complexités de la vie, chérissant le lien qu'ils partageaient et célébrant l'amour extraordinaire qui les avait réunis.

Alors qu'Amelia, Charlotte et Mark accueillaient Nate et Rose dans leur vie, leur engagement inébranlable à fournir les meilleurs soins à leurs enfants est devenu leur priorité absolue. Ensemble, ils ont formé un front uni, veillant à ce que leurs bébés reçoivent l'amour, l'attention et le soutien dont ils avaient besoin, en particulier pendant les nuits où un sommeil réparateur était essentiel pour les petits et leurs parents.

Pendant les nuits, ils établissaient une routine commune, où ils répondaient à tour de rôle aux besoins de Nate et Rose. Ils ont reconnu l'importance d'un sommeil réparateur l'un pour l'autre, sachant que les parents bien reposés seraient mieux équipés pour fournir les meilleurs soins à leurs enfants.

Amelia, Charlotte et Mark ont créé un environnement stimulant dans leur maison, en veillant à ce que chaque bébé dispose de son propre espace de sommeil confortable et sûr. Ils ont décoré les chambres d'enfant avec des couleurs douces, des mélodies apaisantes et un éclairage doux pour créer une atmosphère paisible propice au sommeil.

Dans les premiers jours et les premiers mois, Amelia a allaité Nate et Rose, leur fournissant la nourriture et la connexion que seule une mère pouvait offrir. Ils ont adopté le concept de l'allaitement partagé, où chaque bébé a eu l'occasion de créer des liens avec Amelia pendant leurs séances d'alimentation. Cette approche leur a permis de partager l'expérience intime de l'allaitement, approfondissant ainsi leur lien en tant que famille.

Au fur et à mesure que les bébés grandissaient, ils ont introduit l'alimentation au biberon, permettant à Amelia et Mark de participer au processus d'alimentation et de partager la joie de nourrir leurs enfants. Ils ont soigneusement coordonné leurs horaires, en veillant à ce que chaque bébé soit nourri, roté et réconforté, fournissant le réconfort et la chaleur dont ils avaient besoin pendant la nuit.

Pendant ces longues nuits, Amelia, Charlotte et Mark comptaient sur une communication ouverte et un soutien pour surmonter les défis liés aux soins de deux nourrissons. Ils se réunissaient souvent dans le salon ou la cuisine, partageant des histoires, des conseils et des techniques pour apaiser et calmer leurs bébés.

Lorsqu'un bébé avait besoin d'attention, les deux autres intervenaient pour donner un coup de main. Ils ont compris l'importance d'être présents et sensibles aux besoins de leurs enfants, en leur offrant du réconfort, des câlins et des mots apaisants pour les aider à se sentir en sécurité et aimés.

Tout au long de la nuit, ils ont adopté l'art du co-sleeping, créant un sentiment de proximité et de connexion. Avec leurs lits placés à proximité, ils ont pu répondre rapidement aux besoins de leurs bébés, qu'il s'agisse d'une tétée, d'un changement de couche ou d'un contact réconfortant.

Ils ont également adopté le pouvoir du portage, en utilisant des écharpes et des porte-bébés pour garder leurs bébés près de soi pendant la nuit et tout au long de la journée. Cette pratique leur a permis de fournir une proximité physique et de la chaleur tout en s'occupant d'autres tâches ou simplement en profitant de moments calmes ensemble en famille.

Aux heures calmes de la nuit, alors qu'ils berçaient leurs bébés dans leurs bras, ils partageaient des histoires, chantaient des berceuses et murmuraient des mots d'amour et d'affection. Leur présence et leur toucher procuraient un sentiment de sécurité, permettant à Nate et Rose de sombrer dans un sommeil paisible.

Au fur et à mesure que les nuits se transformaient en jours et les jours en semaines, leurs efforts pour fournir les meilleurs soins à leurs enfants se sont épanouis en une symphonie d'amour, de dévouement et d'unité. Ils ont embrassé les défis et les joies qui accompagnent l'éducation de deux bébés, sachant que leur engagement inébranlable l'un envers l'autre et envers leurs petits les guiderait à chaque étape de leur parcours parental.

Amelia, Charlotte et Mark étaient des piliers de force pour leurs enfants, se soutenant mutuellement dans les moments de fatigue et d'incertitude. Leurs nuits étaient remplies de moments tendres, de douceurs et de la conviction inébranlable que leur amour, partagé entre eux trois, créerait un environnement stimulant et aimant pour que Nate et Rose s'épanouissent.

Dans l'étreinte silencieuse de la nuit, Amelia, Charlotte et Mark ont trouvé réconfort et joie dans leur rôle partagé de parents, chérissant le lien unique qu'ils avaient en tant que famille polyamoureuse. Avec l'amour comme guide, ils ont embrassé les défis et les bénédictions de la parentalité, sachant que leurs efforts unis fourniraient à Nate et Rose les meilleurs soins au monde, jour et nuit.

Chapitre 14 Une nouvelle notoriété

La vie avait été un beau tourbillon pour Charlotte, Amelia, Mark et leurs petits, Nate et Rose. Leur famille polyamoureuse avait prospéré et leur entreprise d'agence de rencontres s'était épanouie au-delà de leurs rêves les plus fous. Chaque jour apportait de nouvelles joies et de nouveaux défis, mais leur amour et leur engagement les uns envers les autres les ont portés à travers.

À l'occasion du deuxième anniversaire de Nate et Rose, alors qu'ils célébraient avec leurs amis et leurs proches, une opportunité inattendue s'est présentée. Une chaîne de télévision avait remarqué le livre de Charlotte et leur dynamique familiale unique. Intrigués par leur histoire, ils ont invité Charlotte à partager leur parcours dans une interview.

Charlotte, ressentant un mélange d'excitation et de nervosité, réfléchit à l'invitation. Elle s'est rendu compte que cela pourrait être l'occasion de faire la lumière sur le polyamour, de remettre en question les normes sociétales et de promouvoir l'acceptation et la compréhension. Avec le soutien d'Amelia et Mark, elle a décidé d'accepter l'interview, croyant que leur histoire pourrait inspirer et encourager d'autres personnes sur des chemins similaires.

Le jour de l'entrevue est arrivé, et Charlotte, vêtue d'une tenue qui reflétait sa confiance et son authenticité, s'est retrouvée assise en face de l'intervieweur. Des caméras et des lumières remplissaient la pièce, créant une atmosphère chargée d'anticipation.

Journaliste : Charlotte, merci de vous joindre à nous aujourd'hui. Votre livre a captivé les lecteurs et le parcours unique de votre famille a suscité l'intrigue. Pouvez-vous partager avec nous comment votre relation polyamoureuse a influencé votre vie ?

Charlotte : « Merci de m'avoir invitée. Notre relation polyamoureuse a été un voyage magnifique et transformateur. Il nous a appris l'importance de la communication ouverte, de l'honnêteté et de l'amour inconditionnel. Notre amour les uns pour les autres va au-delà des normes sociétales et nous a permis de créer un environnement solide et stimulant pour nos enfants.

L'entrevue s'est poursuivie alors que Charlotte partageait avec éloquence leur histoire, plongeant dans les défis auxquels ils étaient confrontés et les joies qu'ils ont vécues en tant que famille polyamoureuse. Elle a parlé du pouvoir de l'amour et de l'acceptation, de la force de leur lien et du bonheur qu'ils ont trouvé en embrassant leur chemin non conventionnel.

Journaliste : Charlotte, ton histoire est inspirante. Quel message aimeriez-vous transmettre à d'autres personnes qui naviguent dans des relations non traditionnelles ou qui luttent avec les attentes de la société ?

Charlotte : « À ceux qui sont sur des chemins similaires, je veux dire que l'amour ne connaît pas de frontières. Elle n'est pas confinée par les attentes ou les étiquettes de la société. Embrassez votre vérité, soyez courageux en exprimant votre amour et entourez-vous de ceux qui vous soutiennent et vous élèvent. Rappelez-vous, c'est le pouvoir de l'amour qui crée les familles, et il y a de la beauté dans chaque voyage unique.

L'interview s'est terminée, laissant un air de réflexion et de possibilité. Les mots de Charlotte, empreints d'authenticité et de vulnérabilité, ont trouvé un écho auprès des téléspectateurs qui aspiraient à l'acceptation et à la compréhension dans leur propre vie.

Dans les jours qui ont suivi l'entrevue, les messages ont afflué de personnes et de familles qui avaient trouvé réconfort et espoir dans l'histoire de Charlotte. Ses paroles avaient touché les cœurs, déclenché des conversations et enflammé un sentiment d'autonomisation chez ceux qui osaient embrasser leurs propres chemins non conventionnels vers l'amour et le bonheur.

Charlotte, Amelia, Mark, Nate et Rose ont continué à naviguer dans leur extraordinaire voyage avec grâce et résilience. Ils sont restés attachés à leur famille, à leur entreprise et à leur mission de promouvoir l'amour, l'acceptation et la compréhension dans un monde qui avait souvent du mal à comprendre la beauté de la diversité.

Leur histoire, partagée sur l'écran de télévision, était devenue un catalyseur de changement – une invitation pour la société à remettre en question les idées préconçues, à embrasser l'immensité de l'amour et à célébrer la résilience de l'esprit humain. Face à l'adversité, ils se tenaient debout, unis dans leur amour et leur détermination à avoir un impact positif sur le monde.

Alors que Charlotte réfléchissait à la tournure inattendue que sa vie avait prise, elle réalisa que leur voyage était loin d'être terminé. Ils continueraient à défier les normes sociétales, à défendre l'amour sous toutes ses formes et à inspirer les autres à vivre de manière authentique et sans peur.

Grâce à la puissance de leur histoire, leurs voix sont devenues une lueur d'espoir – un rappel que l'amour, l'acceptation et le courage d'être fidèle à soi-même pouvaient transcender les attentes de la société et créer un monde où toutes les formes d'amour étaient célébrées et embrassées.

Leur voyage a témoigné de la résilience de l'esprit humain et du pouvoir transformateur de l'amour – un rappel que, en fin de compte, c'était le pouvoir de l'amour qui allait changer le monde, un cœur à la fois.

Au fur et à mesure que l'histoire de Charlotte gagnait en visibilité grâce à l'interview télévisée, elle a également attiré l'attention des plateformes de médias sociaux. Des gens de tous les horizons ont afflué pour exprimer leurs opinions, partager leurs propres expériences et participer à des discussions sur son mode de vie polyamoureux et sa dynamique familiale. Alors que de nombreuses personnes résonnaient avec son message d'amour, d'acceptation et d'acceptation de relations non traditionnelles, d'autres avaient des points de vue plus agressifs et conflictuels.

Les médias sociaux sont devenus un espace de soutien et d'hostilité. Alors que Charlotte partageait son parcours et prônait l'amour au-delà des normes sociétales, elle a rencontré un éventail de réactions. Les commentaires positifs ont afflué de personnes qui ont trouvé l'inspiration dans son histoire, exprimant leur gratitude pour la représentation et le courage de vivre authentiquement.

Des commentaires de soutien ont rempli les sections de commentaires, les gens exprimant leur admiration pour le courage de Charlotte en partageant ses expériences et en remettant en question les attentes de la société. Ils l'ont applaudie pour avoir promu l'acceptation, l'amour et la compréhension dans un monde qui s'accrochait souvent à des normes rigides.

Cependant, au milieu de la positivité, Charlotte a également fait face à un barrage de commentaires négatifs et agressifs de la part de personnes qui avaient des croyances opposées ou étaient incapables de comprendre ses choix. Ces personnes ont eu recours à des attaques personnelles, au jugement et à l'intolérance, révélant les préjugés profondément enracinés qui existent au sein de la société.

Charlotte, Amelia, Mark et leur famille élargie n'étaient pas étrangers à l'adversité. Ils avaient fait face à leur juste part de défis, et maintenant, ils se sont retrouvés à naviguer dans le paysage souvent imprévisible et volatil des médias sociaux. Bien que les commentaires blessants aient eu le potentiel de les affecter, ils sont restés fermes dans leur engagement envers l'amour, l'acceptation et l'éducation des autres sur la beauté des relations diverses.

Charlotte a compris que tout le monde ne serait pas d'accord avec ses choix ou n'adopterait pas le concept de polyamour. Cependant, elle est restée déterminée à utiliser sa plate-forme pour promouvoir la compréhension et remettre en question les normes sociétales qui limitaient l'expression de l'amour et du bonheur.

Elle a répondu aux commentaires, répondant à ceux qui cherchaient sincèrement à comprendre, donnant un aperçu de ses expériences personnelles et engageant un dialogue significatif. Elle espérait qu'en partageant son histoire avec authenticité et vulnérabilité, elle pourrait favoriser l'empathie, ouvrir l'esprit et encourager une société plus compatissante.

De plus, les partisans de Charlotte se sont rassemblés autour d'elle, offrant des mots d'encouragement et se dressant contre l'hostilité. Ils ont fourni un bouclier de positivité, créant un espace sûr dans le domaine en ligne, où l'amour, l'acceptation et le dialogue respectueux ont prospéré.

Les expériences de Charlotte sur les médias sociaux, bien que difficiles, ont rappelé l'importance de continuer à défendre l'amour et l'acceptation sous toutes ses formes. Elle a réaffirmé son engagement à favoriser la compréhension, même face à l'adversité.

Elle est restée déterminée à croire que le changement pouvait être déclenché par des conversations ouvertes, l'éducation et la promotion de l'empathie. Elle considérait les médias sociaux à la fois comme un outil puissant de sensibilisation et une plate-forme pour construire des ponts entre différentes perspectives.

Au milieu des réactions polarisées, Charlotte s'est accrochée au soutien indéfectible de ses proches et à la certitude que son message atteignait ceux qui en avaient le plus besoin. Elle a trouvé du réconfort dans l'effusion d'amour et d'encouragement de personnes qui résonnaient avec son histoire et qui avaient également subi du jugement ou de la discrimination en raison de leurs relations non conventionnelles.

En fin de compte, Charlotte a choisi de se concentrer sur l'impact positif qu'elle pouvait avoir, en restant fidèle à elle-même et à sa mission de promouvoir l'amour, l'acceptation et la compréhension. Malgré le bruit et l'hostilité occasionnelle, elle a persévéré, sachant que le changement commence par le courage de partager sa vérité et de plaider pour un monde plus inclusif et compatissant.

Après le succès de son premier livre et le soutien écrasant qu'elle a reçu, Charlotte s'est retrouvée à la croisée des chemins. La puissance de ses paroles avait allumé un feu en elle, alimentant un désir de plaider en faveur d'un changement à plus grande échelle. Inspirée par ses propres expériences et motivée par son engagement inébranlable envers l'amour, l'acceptation et l'égalité, elle a pris la décision audacieuse de se lancer dans la course à la Chambre des représentants des États-Unis.

Charlotte croyait qu'il était temps de remettre en question le statu quo et de faire pression pour des réformes législatives qui reconnaissent la validité des relations non traditionnelles, y compris le droit de contracter un mariage entre trois personnes. Avec le soutien de ses proches, dont Amelia et Mark, elle s'est lancée dans un voyage politique alimenté par la passion, la détermination et la croyance inébranlable dans le pouvoir de l'amour de transcender les frontières.

Sa décision de se présenter comme candidate indépendante, libre des contraintes des affiliations politiques traditionnelles, témoigne de son engagement à être une voix pour les marginalisés, les sous-représentés et ceux qui cherchent des voies alternatives vers l'amour et le bonheur.

Alors que la nouvelle de sa candidature se répandait, son deuxième livre, plaidant pour la reconnaissance des mariages à trois, est rapidement devenu un best-seller. Le public, captivé par son message d'inclusion et d'égalité, s'est rallié derrière elle, déclenchant une vague de soutien qui a transcendé les frontières politiques traditionnelles.

Des gens de tous les horizons ont été attirés par la campagne de Charlotte, inspirés par son authenticité, sa passion et son dévouement inébranlable aux valeurs qu'elle défendait. Ses partisans ont inondé ses plateformes de médias sociaux, assisté à ses rassemblements de campagne et ont généreusement contribué à ses efforts de collecte de fonds à la base.

La plate-forme de Charlotte appelait à une réforme législative qui reconnaîtrait et protégerait les droits des individus dans les relations polyamoureuses, plaidant pour une reconnaissance juridique égale, des avantages et des protections pour toutes les formes de partenariats adultes consensuels. Son message a trouvé un écho auprès d'un segment croissant de la population, remettant en question les notions traditionnelles d'amour, de famille et de mariage.

Au fur et à mesure que la campagne électorale se déroulait, Charlotte s'est lancée dans un tourbillon de discours, de débats et d'engagements communautaires. Elle a profité de ces occasions pour éduquer le public, remettre en question les idées préconçues et construire des ponts de compréhension. Elle a présenté ses idées avec éloquence et conviction, partageant des histoires et des expériences personnelles qui ont humanisé la communauté polyamoureuse et mis en lumière la nécessité de réformes juridiques globales.

Le voyage n'a pas été sans défis. Charlotte a dû faire face à l'opposition de ceux qui résistaient au changement, des individus liés par des idéaux conservateurs et des croyances profondément enracinées sur ce qui constituait une famille « traditionnelle ». Cependant, elle est restée inébranlable dans sa conviction que l'amour ne connaît pas de frontières et que tout le monde mérite les mêmes droits et les mêmes opportunités de rechercher le bonheur.

La campagne de Charlotte est devenue un mouvement, un appel à la reconnaissance et à l'acceptation de diverses structures relationnelles. Ses partisans, affectueusement surnommés les « champions de Charlotte », sont devenus le visage d'un changement sociétal croissant vers l'adoption de relations non traditionnelles et la remise en question de normes dépassées.

À l'approche du jour du scrutin, l'excitation et l'anticipation ont atteint leur apogée. L'issue de la course déterminerait non seulement l'avenir politique de Charlotte, mais servirait également de baromètre pour les progrès de l'acceptation sociétale et de l'égalité.

En ce jour fatidique, alors que les votes étaient comptés, le parcours de Charlotte a atteint un moment charnière. Elle est sortie victorieuse, après avoir obtenu un siège à la Chambre des représentants des États-Unis. Sa victoire a été un triomphe pour l'amour, l'égalité et le pouvoir de la représentation authentique.

Dans les couloirs du Congrès, Charlotte est devenue une défenseure infatigable des droits des individus dans les relations non traditionnelles, utilisant sa plate-forme pour défendre des réformes législatives qui reconnaissaient la validité et l'importance de toutes les formes d'amour et de famille.

Sa présence dans le paysage politique a provoqué des vagues de changement dans tout le pays, enflammant des conversations, remettant en question les préjugés et inspirant les autres à défendre leurs propres vérités. Elle est devenue une lueur d'espoir pour les communautés marginalisées, un symbole de résilience et de détermination face à la résistance de la société.

Tout au long de son parcours politique, Charlotte a continué d'incarner le pouvoir de l'amour comme catalyseur du changement. Son engagement inébranlable envers l'inclusion et l'égalité a transformé non seulement sa propre vie, mais aussi celle d'innombrables autres personnes qui ont osé défier les normes sociétales et embrasser l'amour sous toutes ses belles formes.

Alors qu'elle se battait pour une réforme législative, naviguait dans le monde complexe de la politique et défendait les droits de tous, Charlotte est restée ancrée dans ses valeurs fondamentales, guidée par la conviction que l'amour ne connaît pas de frontières et que l'égalité devrait être une pierre angulaire de la société.

Le parcours de Charlotte a rappelé que le changement commence par une seule voix, avec le courage de remettre en question la norme et de plaider pour un monde plus inclusif et compatissant. Elle a témoigné du pouvoir de l'amour pour conduire la transformation de la société, offrant espoir et inspiration à ceux qui aspiraient à un monde exempt de jugement et de discrimination.

Dans les couloirs du pouvoir, Charlotte a travaillé sans relâche pour construire des ponts, briser les barrières et créer un avenir plus équitable. Son parcours témoigne de l'esprit d'amour inébranlable et de la conviction que, unis, nous pouvons façonner un monde qui embrasse la diversité, célèbre l'amour sous toutes ses formes et chérit les principes fondamentaux de l'égalité et de l'acceptation.

Chapitre 15 Redéfinir l'amour : le discours de Charlotte à la Chambre des représentants

D ans les grandes salles de la Chambre des représentants, Charlotte se tenait sur le podium, prête à prononcer un discours qui remettrait en question les notions traditionnelles d'amour, de famille et de mariage. La salle était remplie d'un mélange de curiosité, de scepticisme et d'anticipation. Le poids de ses paroles flottait dans l'air alors qu'elle commençait à s'adresser à ses collègues représentants.

« Mesdames et messieurs de la Chambre, chers collègues, je prends la parole devant vous aujourd'hui pour défendre une nouvelle vision de l'amour et de l'engagement, une vision qui reconnaît la validité d'un mariage entre trois personnes. Le temps est venu pour nous de reconnaître que l'amour n'est pas confiné par des structures rigides ou limité aux limites des attentes de la société. L'amour, dans son infinie et belle complexité, ne connaît pas de limites.

La voix de Charlotte résonna avec conviction, ses mots résonnant dans toute la chambre. Elle a brossé un tableau vivant d'un monde qui célébrait la diversité, embrassait des relations non traditionnelles et offrait des droits et des protections égaux pour tous.

« Pendant trop longtemps, nos lois n'ont pas suivi le rythme de l'évolution de la dynamique des relations humaines. Nous vivons à une époque où l'amour ne peut plus être confiné au concept binaire traditionnel du mariage. L'amour est fluide, il a de multiples facettes et il peut prospérer dans le contexte d'un partenariat engagé impliquant trois personnes.

Elle a habilement tissé des anecdotes personnelles, mettant en évidence les histoires de personnes qu'elle avait rencontrées au cours de son parcours et leur profond désir d'exprimer leur amour et leur engagement d'une manière qui honore leurs structures relationnelles uniques.

« Derrière chaque loi, chaque décision politique et chaque construction sociale, il y a de vraies personnes dont la vie est touchée. Nous ne pouvons pas fermer les yeux sur les luttes auxquelles sont confrontés ceux dont l'amour défie les normes conventionnelles. Il est de notre devoir, en tant que législateurs, de veiller à ce que notre législation reflète la réalité diversifiée du monde dans lequel nous vivons.

Charlotte a continué d'articuler avec passion le besoin de reconnaissance juridique et de protection pour les personnes dans des relations polyamoureuses. Elle a souligné l'importance de favoriser une société inclusive qui embrasse et soutient toutes les formes de partenariats consensuels entre adultes.

« Notre Constitution consacre les principes d'égalité et de liberté, et il est de notre responsabilité de défendre ces idéaux. Refuser aux individus le droit de se marier en fonction du nombre de partenaires qu'ils aiment non seulement viole leurs droits fondamentaux, mais perpétue la discrimination et renforce un statu quo injuste.

Elle a répondu aux préoccupations de ceux qui pourraient remettre en question l'aspect pratique ou la faisabilité de la reconnaissance des mariages impliquant trois personnes. Charlotte a présenté des recherches approfondies, mettant en évidence des études qui ont démontré la stabilité, le bien-être et le succès des relations polyamoureuses.

« La recherche est claire : les relations polyamoureuses peuvent être tout aussi aimantes, engagées et épanouissantes que leurs homologues monogames. En reconnaissant et en légitimant ces relations, nous favorisons non seulement l'autonomie personnelle et la liberté, mais nous favorisons également des liens plus sains et plus honnêtes.

Le discours de Charlotte a trouvé un écho chez certains représentants qui avaient déjà émis des réserves, a suscité des discussions réfléchies et a suscité une introspection. Elle a exhorté ses collègues à mettre de côté les idées préconçues et les préjugés, à aborder la question avec un esprit et un cœur ouvert.

« Nous devons embrasser le progrès et choisir la compassion plutôt que le jugement. Nous avons le pouvoir de redéfinir ce que l'amour et la famille signifient dans notre société. Tenons-nous du bon côté de l'histoire, du côté de l'amour, de l'acceptation et de l'égalité des droits. »

À la fin de son discours, les paroles de Charlotte ont résonné dans toute la Chambre, laissant un impact persistant sur le cœur et l'esprit des personnes présentes. Elle a imploré ses collègues représentants de considérer la valeur inhérente de l'amour et l'impact profond que la reconnaissance juridique pourrait avoir sur d'innombrables vies.

« Notre devoir en tant que législateurs est de protéger et d'élever les droits de tous les individus, quelles que soient leurs structures relationnelles. Nous avons l'occasion de montrer la voie en créant une société qui embrasse l'amour sous toutes ses formes – une société qui célèbre la diversité des liens humains.

Les applaudissements qui ont suivi le discours de Charlotte témoignent de la puissance de ses paroles, de la résonance de son message et de l'impact qu'elle a eu sur ses collègues représentants. Alors que le voyage pour changer les cœurs et les esprits était loin d'être terminé, l'appel passionné de Charlotte à l'amour et à l'égalité avait laissé une marque indélébile sur le parquet de la Chambre des représentants.

En s'éloignant du podium, Charlotte savait que la route serait difficile. Mais elle était alimentée par la conviction que l'amour avait le pouvoir de remodeler le monde. Avec une détermination inébranlable et un engagement inébranlable envers sa cause, elle a continué à se battre pour un avenir où l'amour, dans toutes ses belles manifestations, serait célébré, honoré et protégé par les lois du pays.

Charlotte se présenta devant le député conservateur ; Leurs différences idéologiques palpables dans l'air. C'était la dernière session avant le vote sur le projet de loi reconnaissant les mariages impliquant trois personnes. Le débat avait été féroce, les émotions étant vives des deux côtés.

Députée conservatrice : Charlotte, j'apprécie votre passion, mais je dois exprimer mon inquiétude quant à l'impact de la légalisation des mariages polyamoureux. Le mariage a traditionnellement été défini comme une union entre deux individus, et la modification de cette définition sape le caractère sacré et la stabilité de l'institution.

Charlotte : Je comprends vos préoccupations et je respecte votre point de vue. Cependant, il est important de reconnaître que les normes sociétales et la compréhension du mariage ont évolué au cours de l'histoire. Nous avons assisté à des changements qui ont élargi la définition du mariage pour inclure des personnes de races, de religions et d'orientations sexuelles différentes. Il est naturel d'étendre cette inclusivité à ceux qui vivent des relations polyamoureuses.

Député conservateur : Mais Charlotte, le mariage est le fondement de notre société. C'est une institution destinée à assurer la stabilité et le soutien à l'éducation des enfants. Comment pouvons-nous nous assurer que les enfants dans ces relations polyamoureuses auront le même niveau de stabilité et de bien-être émotionnel ?

Charlotte : J'apprécie l'accent que vous mettez sur la stabilité et le bien-être des enfants. La recherche a montré que les enfants élevés dans des familles polyamoureuses peuvent s'épanouir lorsqu'ils sont entourés d'un environnement aimant et favorable. Ce n'est pas la structure de la famille qui détermine le bien-être d'un enfant, mais plutôt la qualité des relations en son sein. En accordant une reconnaissance juridique et des protections à ces familles, nous pouvons fournir la stabilité et le soutien nécessaire au développement sain de l'enfant.

Député conservateur : Je crains que la légalisation des mariages polyamoureux n'ouvre la voie à une redéfinition plus poussée de l'institution. Qu'est-ce qui empêche les gens d'exiger la reconnaissance d'autres relations non conventionnelles, comme la polygamie ou même les unions incestueuses ?

Charlotte : Je comprends vos préoccupations au sujet d'une pente glissante, mais il est essentiel de faire la distinction entre les relations adultes consensuelles et celles qui impliquent la coercition ou le préjudice. La loi que je propose est spécifiquement axée sur la reconnaissance et la protection des droits des personnes dans les relations polyamoureuses consensuelles et aimantes. Il s'agit d'étendre l'égalité des droits et des chances à ceux qui ont été marginalisés et privés de reconnaissance pendant trop longtemps. Nous devons aborder cette question avec nuance et veiller à trouver le juste équilibre entre les libertés individuelles et les normes sociétales.

Député conservateur : J'apprécie votre point de vue, Charlotte, mais je crois fermement que le mariage traditionnel devrait être préservé. Notre société fonctionne selon cette définition depuis des siècles, et sa modification pourrait avoir des conséquences imprévues.

Charlotte : Le changement peut être inconfortable, et il est naturel de ressentir un sentiment de malaise lorsqu'on remet en question les normes établies. Mais en tant que législateurs, il est de notre devoir de nous adapter aux besoins et aux réalités changeants de notre société. Notre responsabilité est de protéger les droits et le bien-être de tous les individus, quelles que soient leurs structures relationnelles. En reconnaissant et en légalisant les mariages polyamoureux, nous pouvons favoriser une société plus inclusive qui valorise l'amour, l'engagement et l'autonomie personnelle.

La conversation entre Charlotte et le député conservateur incarne le conflit de valeurs et de perspectives sur la question des mariages polyamoureux. Malgré leurs différences, les deux individus avaient de fortes convictions enracinées dans leurs croyances respectives et leur compréhension des normes sociétales.

Alors que la session touchait à sa fin, l'heure du vote final approchait. Chaque représentant rendrait sa décision, reflétant sa position sur la reconnaissance des mariages polyamoureux. Le résultat refléterait la volonté collective de la Chambre, saisissant la tapisserie complexe de croyances et d'idéaux qui composaient le corps législatif diversifié.

Charlotte gardait l'espoir que ses arguments passionnés et le soutien recueilli par ses collègues représentants ouvriraient la voie au progrès et à l'égalité. Quel que soit le résultat, son parcours en avait été un de résilience, de courage et de croyance inébranlable dans le pouvoir de l'amour pour façonner la société pour le mieux.

Le souffle coupé, Charlotte attendait les résultats du vote final. La tension dans l'air était palpable lorsque chaque représentant a rendu sa décision sur la reconnaissance des mariages polyamoureux. La salle est devenue silencieuse au début du dépouillement, et l'anticipation a atteint son apogée.

Au fur et à mesure que le décompte des voix progressait, il est devenu évident que le résultat ne tenait qu'à un fil. Chaque vote avait un poids immense et l'avenir des mariages polyamoureux reposait sur ce moment charnière. Le cœur de Charlotte battait la chamade, ses émotions étaient vives alors que le décompte se poursuivait.

Puis, une vague de joie et d'incrédulité l'a submergée à l'annonce des résultats. Par la plus mince des marges, avec une voix au-delà de la majorité, la législation reconnaissant les mariages polyamoureux avait été adoptée. La vision de Charlotte de l'amour, de l'égalité et de l'acceptation avait triomphé.

Des larmes coulaient sur le visage de Charlotte, une cascade d'émotions accablantes. Le bonheur, le soulagement et un profond sentiment d'accomplissement ont jailli en elle. Elle s'était battue sans relâche pour ce moment, se consacrant corps et âme à la défense des droits des individus dans les relations polyamoureuses.

L'importance de la victoire n'a pas échappé à Charlotte. Il a représenté un changement profond dans les normes sociétales, une étape importante dans la reconnaissance et l'acceptation de diverses formes d'amour. C'était une affirmation retentissante que l'amour ne connaît pas de limites, que les liens d'engagement et de dévouement peuvent transcender les attentes traditionnelles.

Au milieu de la jubilation, Charlotte a trouvé du réconfort en sachant que ses efforts avaient fait une différence. Elle a donné une voix à ceux qui ont longtemps été marginalisés, luttant pour leur droit d'aimer et de se marier conformément à leur moi authentique. Le poids de la responsabilité s'est installé sur ses épaules, car elle a compris que le vrai travail ne faisait que commencer.

Au fur et à mesure que la nouvelle se répandait, des célébrations ont éclaté dans toute la communauté polyamoureuse et au-delà. Des messages de gratitude et d'admiration ont inondé les plateformes de médias sociaux de Charlotte, lui rappelant l'impact que son plaidoyer avait eu sur d'innombrables vies. L'effusion de soutien de la part de personnes qui avaient aspiré à la reconnaissance et à l'acceptation a été écrasante.

Au milieu de l'atmosphère jubilatoire, Charlotte a pris un moment pour réfléchir à son parcours. Elle a fait face à de nombreux obstacles, a enduré un examen minutieux et une opposition, mais elle n'a jamais faibli dans son engagement à créer une société plus inclusive et équitable. La route avait été ardue, mais la destination valait chaque pas.

Avec l'adoption de la loi, le rêve de Charlotte de devenir épouse, de solidifier légalement le lien qu'elle partageait avec Amelia et Mark, était enfin à portée de main. La réalisation a apporté un sens renouvelé du but, de l'amour profond et du dévouement qui les avaient réunis.

Alors qu'elle essuyait ses larmes de joie, Charlotte se tenait debout, prête à embrasser le prochain chapitre de sa vie. Elle continuerait à se battre pour les droits et la reconnaissance de toutes les formes d'amour, sachant que la lutte pour l'acceptation était en cours. Sa victoire n'était pas seulement pour elle-même, mais pour tous ceux qui croyaient au pouvoir de l'amour pour défier les normes sociétales et transformer des vies.

Sachant que son plaidoyer avait eu un impact durable, Charlotte s'est engagée à utiliser sa position de représentante pour promouvoir davantage le progrès et l'égalité. Elle savait que son rôle s'étendait au-delà de ses aspirations personnelles, englobant le bien-être et le bonheur de toutes les personnes qui aspiraient à l'amour et à l'acceptation.

Dans ce moment de triomphe, Charlotte a pris une profonde inspiration, prête à se lancer dans le voyage de la construction d'un avenir où l'amour ne connaît pas de frontières et où chaque personne, quelle que soit sa structure relationnelle, pourrait éprouver la joie d'être reconnue, respectée et célébrée.

Alors qu'elle se tenait au milieu des acclamations et des applaudissements, le cœur de Charlotte s'est gonflé de gratitude, sachant que sa détermination et sa foi inébranlable en l'amour avaient provoqué un profond changement. Avec une force et un but retrouvé, elle continuerait à ouvrir la voie à un monde plus inclusif et compatissant, où l'amour brillerait toujours de mille feux, défiant les contraintes des conventions et embrassant les possibilités illimitées du cœur humain.

Chapitre 16 Le mariage de Charlotte

Trois mois plus tard, par une journée pittoresque de juin, la plage de Hampton s'est transformée en une scène d'amour et de célébration alors que Charlotte, Mark et Amelia se préparaient à échanger leurs vœux. Le soleil brillait dans le ciel clair, projetant une lueur dorée chaude sur le sable et l'océan étincelant au-delà.

Alors que la douce brise marine caressait leurs visages, le cadre semblait refléter la sérénité et la joie qui remplissaient le cœur des trois partenaires. Une arche magnifiquement ornée se dressait au bord de l'eau, ornée de fleurs dans des teintes vibrantes de rose rougissement, de lavande douce et de blanc pur.

Le rassemblement intime d'invités, soigneusement choisis pour leurs liens étroits avec Charlotte, Mark et Amelia, a ajouté au sentiment d'amour et de soutien. Dix personnes chéries, composées d'amis et de membres de la famille, attendaient avec impatience l'union de ce trio unique.

Parmi les invités se trouvaient des chanteurs et des acteurs accomplis, des amis qui avaient profondément touché la vie de Charlotte, Mark et Amelia. Leur présence a apporté un sentiment supplémentaire d'enchantement et de créativité à l'occasion, car leurs voix et leurs performances se faufilaient à travers la cérémonie, lui insufflant une couche supplémentaire de magie.

À mesure que le temps approchait, la plage est devenue vivante d'excitation. Un sentiment d'anticipation emplissait l'air, se mêlant aux doux murmures des vagues et au doux murmure des conversations entre les invités.

Le père de Charlotte, qui avait d'abord eu du mal à comprendre le chemin non conventionnel de sa fille, se tenait à l'autel, les émotions tirant sur son cœur. Il avait été témoin du voyage de découverte de soi de Charlotte, l'avait vue se battre pour ses croyances et, finalement, s'être épanouie en tant que défenseur de l'amour et de l'acceptation.

Alors qu'il regardait sa fille, resplendissante dans sa tenue de mariée, un mélange d'émotions l'envahit. La fierté enflait dans sa poitrine, entremêlée à un soupçon de nostalgie pour la petite fille qu'il avait connue. Il était reconnaissant d'avoir trouvé la force d'embrasser le caractère unique de son amour et de la soutenir dans ce moment profond.

Au début de la cérémonie, le bruit des vagues s'écrasant contre le rivage a fourni une symphonie naturelle, donnant le rythme de l'échange des vœux. Des mots d'amour, d'engagement et d'unité ont été prononcés avec une conviction inébranlable, ponctués de promesses sincères de nourrir et de chérir leur relation.

La présence d'un millier de participants, y compris des membres de la communauté et des défenseurs de la nature illimitée de l'amour, a donné un air de grandeur et de signification à l'occasion. Le vaste rassemblement témoignait du pouvoir de l'amour, transcendant les normes sociétales et embrassant la possibilité de liens profonds et significatifs.

Alors que le soleil commençait sa descente à l'horizon, projetant des teintes d'orange et de rose dans le ciel, la célébration s'est poursuivie avec des rires, de la musique et des toasts sincères. L'atmosphère était électrique de joie et d'amour, alors que les invités se mêlaient, célébraient et dansaient sur les rives sablonneuses.

Au milieu des festivités, le père de Charlotte, un mélange d'émotions gravées sur son visage, s'est approché de sa fille avec un mélange de fierté et de tendresse affectueuse. Il prit sa main dans la sienne, sa voix légèrement étranglée par l'émotion alors qu'il murmurait : « Charlotte, ma chérie, je n'ai peut-être pas complètement compris ton chemin au début, mais en voyant l'amour et le bonheur qui irradient de toi, je sais que tu as trouvé ton propre voyage unique. Aujourd'hui, alors que je suis témoin de cette belle union, je suis rempli d'un profond sentiment de joie et de gratitude. Tu m'as enseigné le pouvoir de l'amour et de l'acceptation, et je suis honoré d'être ton père. »

Les larmes ont coulé dans leurs deux yeux alors qu'ils partageaient un moment poignant de connexion, le lien entre eux renforcé par le voyage qu'ils avaient entrepris ensemble. À cet instant, le cœur de Charlotte se gonfla de gratitude, sachant que son père avait embrassé la vérité et la beauté de son amour.

Au fur et à mesure que la soirée avançait, entourés de l'amour et du soutien de leur communauté, Charlotte, Mark et Amelia se sont révélés dans la célébration de leur union unique. Les rires et la joie résonnaient le long du rivage, alors que la nuit devenait une tapisserie de souvenirs partagés, de danses sous les étoiles et de moments de connexion sincères.

Leur mariage sur la plage de Hampton n'était pas seulement une célébration de leur amour, mais aussi un témoignage de la résilience de l'esprit humain et du pouvoir transformateur de l'amour qui défie les conventions. Cela a marqué une étape importante dans leur voyage commun, car ils ont forgé un chemin qui célébrait la beauté de leur relation polyamoureuse et ouvrait la voie à d'autres pour embrasser l'amour sous toutes ses formes illimitées.

Alors que les festivités du mariage touchaient à leur fin, les invités ont levé leurs verres remplis de champagne effervescent, les serrant ensemble dans un toast retentissant. Des acclamations emplissaient l'air, une célébration collective de l'amour et de l'union entre Charlotte, Mark et Amelia.

Avec des sourires de joie et de gratitude, le trio nouvellement marié a fait ses adieux à leurs proches, le cœur débordant d'excitation pour l'aventure qui les attendait. Ils sont montés dans une élégante limousine noire, incarnation de l'élégance et du luxe, prêts à embarquer pour leur lune de miel dans la charmante cité-état de Monaco.

À l'intérieur de la limousine, Charlotte, Mark et Amelia s'installèrent dans les sièges moelleux, les mains entrelacées, les yeux brillants d'anticipation. La douce lueur des lumières intérieures a ajouté à l'ambiance romantique, projetant une atmosphère chaleureuse et intime autour d'eux.

Alors que la limousine glissait dans les rues, le paysage urbain passant dans un flou de lumières et de couleurs, le trio partageait des regards tendres et murmurait des mots d'amour et d'excitation. Leurs cœurs battent en harmonie, comme ils l'ont révélé dans le point culminant de leur voyage et le début d'un nouveau chapitre de leur vie.

L'anticipation grandissait alors que la limousine se dirigeait vers l'aéroport, où un jet privé les attendait. Le frisson de se lancer dans cette aventure de lune de miel, main dans la main, était palpable. L'idée d'explorer ensemble les sites enchanteurs de Monaco, de se prélasser dans la beauté de la côte méditerranéenne et de s'immerger dans la riche culture et le luxe de la principauté remplissait leur cœur de joie.

Alors que le jet s'élevait dans le ciel, les transportant vers leur destination, Charlotte, Mark et Amelia regardaient par la fenêtre, s'émerveillant des vues à couper le souffle ci-dessous. Le clair de lune dansait sur les vagues de la mer azur, jetant un chemin chatoyant vers leur paradis de lune de miel.

À Monaco, leurs journées étaient remplies d'enchantement et de romance. Ils se promenaient le long des plages immaculées, main dans la main, sentant la chaleur du soleil sur leur peau et la douce brise bruissant dans leurs cheveux. Ils ont exploré les casinos opulents et les restaurants exquis, se livrant à une cuisine délicieuse et savourant chaque instant de leur aventure commune.

Chaque soir, alors que le soleil plongeait sous l'horizon, ils se retiraient dans leur luxueuse suite, où une vue panoramique sur la Méditerranée les attendait. Les nuits étaient remplies de mots d'amour chuchotés, d'étreintes passionnées et d'exploration de leur connexion de plus en plus profonde. Dans l'étreinte de leur amour, ils ont découvert de nouvelles profondeurs d'intimité et partagé des moments qui seraient à jamais gravés dans leurs cœurs.

Leur lune de miel à Monaco n'était pas seulement une escapade somptueuse, mais une célébration de leur amour unique et de l'unité qu'ils avaient forgée. C'était le moment de nourrir leur lien, de se délecter de la joie d'être de jeunes mariés et de réfléchir à l'incroyable voyage qui les avait amenés à ce moment.

À la fin de leur lune de miel, ils sont rentrés chez eux, le cœur rempli de souvenirs précieux et d'un amour renforcé. Leur mariage a marqué un triomphe de l'amour sur les normes sociétales, un témoignage du pouvoir de l'acceptation et de l'authenticité.

Ensemble, Charlotte, Mark et Amelia se sont lancés dans une vie d'amour, de partenariat et de rêves partagés. Leur union, forgée au plus profond de leur cœur, témoignait de la résilience et de la beauté de l'amour non conventionnel. Chaque jour qui passait, ils continuaient à défier les frontières des relations traditionnelles, ouvrant la voie à un monde qui embrassait l'amour sous toutes ses formes belles et diverses.

Conclusion

Dans les derniers chapitres de ce livre, nous assistons au parcours transformateur de Charlotte, Mark et Amelia alors qu'ils naviguent dans les complexités de l'amour, des relations et des attentes sociétales. Ce qui a commencé comme une histoire d'exploration personnelle et de découverte de soi évolue en un récit puissant d'acceptation, de résilience et de poursuite du bonheur.

À travers les pages de ce livre, nous avons été témoins de la détermination inébranlable de Charlotte à vivre authentiquement, à embrasser ses désirs et à défier les limites imposées par les normes sociétales. Dans sa quête d'amour et d'épanouissement, elle trouve réconfort et compagnie dans les bras de Mark et Amelia, forgeant un lien qui défie les conventions.

Leur chemin n'est pas sans obstacles. Ils rencontrent une résistance sociétale, font face au jugement et luttent contre leurs propres peurs et doutes. Cependant, leur foi inébranlable dans le pouvoir de l'amour les propulse vers l'avant, les guidant à travers les mers orageuses de l'opposition et les conduisant vers un avenir plus brillant et plus inclusif.

Au fur et à mesure que le récit se déroule, nous assistons à la croissance et à la transformation de chaque personnage. Amelia, marquée par les expériences passées, réapprend à faire confiance et trouve du réconfort dans les bras de Charlotte et Mark. Mark, d'abord hésitant mais ouvert d'esprit, découvre la profondeur de sa capacité d'amour et la joie d'embrasser une relation non traditionnelle.

Ensemble, ils naviguent dans les complexités de leur voyage polyamoureux, construisant une vie et une famille basées sur l'amour, la confiance et la communication. Avec la naissance de leurs enfants, Rose et Nate, ils font l'expérience des joies et des défis de la parentalité, renforçant davantage leur lien et leur engagement l'un envers l'autre.

Tout au long de leur parcours, Charlotte apparaît comme une ardente défenseure de l'amour sous toutes ses formes. Elle utilise sa plate-forme pour défier les normes sociétales, écrire un livre à succès et même entrer dans l'arène politique pour défendre les droits de ceux qui ont des relations non traditionnelles. Sa voix devient un catalyseur de changement, inspirant les autres à embrasser leurs propres chemins uniques et repoussant les limites de l'amour et de l'acceptation.

Dans les derniers chapitres, nous assistons au triomphe de leur amour alors qu'ils célèbrent leur mariage, entourés de leurs proches et soutenus par une communauté qui a embrassé leur union non conventionnelle. Leur parcours témoigne du pouvoir de l'amour pour défier les attentes de la société et de l'impact transformateur d'une vie authentique.

Ce livre, une tapisserie tissée d'amour, de passion et de résilience, cherche à élargir notre compréhension des relations, à remettre en question nos idées préconçues et à nous inspirer à embrasser les possibilités illimitées de l'amour. Elle nous rappelle que l'amour ne connaît pas de frontières et que, dans un monde rempli de diversité, la recherche du bonheur est aussi unique que le cœur de chacun.

Alors que nous faisons nos adieux à Charlotte, Mark et Amelia, il nous reste un profond sentiment d'espoir et de possibilités. Leur histoire nous rappelle que, quels que soient les obstacles auxquels nous sommes confrontés, l'amour a le pouvoir de prévaloir, de transformer et de façonner le monde en un lieu plus inclusif et compatissant.

Que leur voyage serve de phare d'inspiration, nous guidant vers un avenir où l'amour est célébré sous toutes ses formes magnifiques, et où les liens de connexion et de compréhension transcendent les normes sociétales. Et puissions-nous, en tant que lecteurs, être encouragés à embrasser nos propres chemins uniques et à naviguer dans les complexités de l'amour avec courage, authenticité et une croyance inébranlable dans le pouvoir transformateur du cœur humain.

Don't miss out!

Visit the website below and you can sign up to receive emails whenever Charlotte Rivers publishes a new book. There's no charge and no obligation.

https://books2read.com/r/B-A-MHOZ-YSWLC

BOOKS 2 READ

Connecting independent readers to independent writers.

Also by Charlotte Rivers

Love Unbound: Charlotte's Journey through Polyamory
L'amour au pluriel : Le voyage de Charlotte à travers le polyamour
Nuevo camino: El viaje de Charlotte a través del poliamor